我一定要去寻找，就算无尽的星辰令我的
探寻希望渺茫，就算我必须单枪匹马。

———［美］艾萨克·阿西莫夫

鲲鹏青少年科幻文学奖

触不可及

李浦铭 等 著

中国大百科全书出版社　　知识出版社

图书在版编目（CIP）数据

触不可及 / 李浦铭等著 . -- 北京 : 中国大百科全书出版社 , 2025. 1. -- (鲲鹏科幻文学奖丛书).

ISBN 978-7-5202-1667-8

I. I247.7

中国国家版本馆 CIP 数据核字第 2024NX3199 号

CHUBUKEJI

触不可及

李浦铭 等 著

出 版 人　刘祚臣
策 划 人　姜钦云　张京涛
责任编辑　易晓燕
助理编辑　章 菲
责任校对　李 珅
封面设计　罗 艳
美术编辑　侯童童
责任印制　吴永星
出版发行　中国大百科全书出版社　知识出版社
地　　址　北京市西城区阜成门北大街 17 号
邮　　编　100037
网　　址　http://www.ecph.com.cn
电　　话　010-88390725
印　　刷　文畅阁印刷有限公司
开　　本　710 毫米 × 1000 毫米　1/16
字　　数　198 千字
印　　张　14
版　　次　2025 年 1 月第 1 版
印　　次　2025 年 1 月第 1 次印刷
书　　号　ISBN 978-7-5202-1667-8
定　　价　50.00 元

目　录
CONTENTS

触不可及

李浦铭

世上有两样东西不可直视，一是太阳，二是人心。

——东野圭吾

一

林子柒攀上最后一块巨石。他感到一阵和煦的风吹拂过脸庞，头顶是一片绿荫，想象中热浪卷起沙土的情景并没有出现。他俯瞰着下方，这里曾是让 A 国人引以为傲的国家公园，遍布着独特的间歇喷泉和峡谷瀑布，其美丽壮观程度让人禁不住感叹造物主的伟大。当然，那是半个世纪前的景观了，现在映入眼帘的是一个巨大的陨石坑，长度达到了惊人的 12 千米，制造它的主人是一颗直径在 900 米左右的陨石，这也是在当年的大爆炸中降落到地球表面较大的碎片之一。

他想起了历史教科书上的图片，不禁对眼前的景象产生了一丝怀疑。在陨石坠落到地表的瞬间，方圆2500平方千米都被夷为平地。与书上记载的一片死气沉沉的样子不同，如今这里已经恢复了往日的生机，茂盛的植物在坑洞中生长，甚至还有小鹿穿梭在其中，看上去颇有些违和感。

他想起了那场惊天动地的灾难。

回到酒店洗漱完，天色已经很暗了。林子柒躺在床上，感到有种无法平息的紧张。他的朋友杰克坐在身边，一脸的轻松自在。

"看上去，你挺紧张啊，不过，今晚可得好好休息哦，明天事情不是一般地多。"他好心劝道。他是林子柒在赴A国留学时认识的伙伴，也是同批出征的宇航员之一。

林子柒点点头，表示知道。在刚结束的新闻发布会上，全球航天组织（Global Space Organization,GSO）主席向记者宣布了入选月球基地科研宇航员的名单。这是人类历史上最大合作规模的探月工程，在月表的科研基地建成并投入使用后，林子柒幸运地成为首批入选的宇航员。当然，他本人并没有感到特别意外，作为从全球排名第一的大学拿到博士学位的精英科学家，同时也是首位进入GSO的B国科学家，拥有参与如此重要的科研项目的优先权似乎也是理所应当。

会上照相机的闪光灯不断地闪烁，这让林子柒感到一阵眩晕。

"请问，建成月球基地后，你们首先要施行的物理研究项目是什么呢？方便透露吗？"记者将麦克风递了上来。

"在月球基地完工后，我们还在一旁建造了两台高能粒子加速器。这是目前世界上最先进的实验装置，我们将用它们进行量子物理和高能物理方面的实验。现在还有其他的加速器在建造中，后续会有更多的投入使用。"林子柒回答道。

记者似懂非懂地点点头，茫然地做着笔记。

林子柒回过神儿来，想起了一件事情，晚上他拨通了曼恩教授的电话。曼恩教授是他的恩师，早在 30 年前，教授便已经享誉 B 国，还将林子柒的父亲培养为优秀的科学家。在父亲离开后，他主动承担了抚养和教育林子柒的工作，也是他坚持要送林子柒出国留学，才成就了今天的林子柒。

两人聊得很开心，提到了很多过去的事情。曼恩教授欣慰地说："看见你取得如今的成就，我很开心。你已经快要赶上并超越你的父亲了，他会为你骄傲的。对了，听说你们明天就要动身了？"

"是啊，我也是想起来今晚应该向您告个别。毕竟，之后就没办法随时随地这么方便地聊天了。"林子柒说道，"不过，别担心，凭现在的通信技术，即使在月球上，我也可以和您视频通话。"

"那估计延迟有点儿高。"曼恩教授笑道，"行了，早点儿休息吧。你的前途不可估量，祝你顺利！"

"谢谢您的祝福！保重身体，再见！"林子柒挂掉了电话。

"说实话，有点儿紧张。"林子柒对杰克说道，"毕竟，明天要乘坐火箭飞往月球基地。虽然已经预演过很多次了，心中还是有些忐忑。"

"照常就好。"杰克撇撇嘴。

林子柒关上了灯，躺在床上。其实，他没有说出口，最近自己失眠并不完全是因为紧张。他经常做一个奇怪的梦，梦里是一条看不到尽头的走廊，两侧没有门和墙壁，是一片黑暗的虚无。远处隐约站着一个男人，背影若有若无地闪烁着。林子柒对这个身形感到莫名的熟悉，他壮起胆子走上前，试探性地拍了拍男人的肩膀。男人缓缓回过头来，林子柒却看不到他的脸。通常这时，林子柒就会惊醒。

梦里的男人是谁？这个梦有什么寓意吗？林子柒思索着，随后便慢慢地睡着了，好在今晚他并没有梦到那个男人。

第二天破晓，林子柒就与另外三名队员坐上了前往航天发射基地的专用大巴车。车窗外是一片无垠的沙漠，这让林子柒想起了自己的老家，眼前的景象如老家的戈壁滩一样荒凉，人迹罕至。

车上的人除了杰克，还有一位来自 C 国的男人，叫作戈拉诺夫，他从本国一流的大学拿到学位后，又奔赴国外留学，还拥有数次航空航天的经验。另一名 D 国女孩叫作卡黛珊，也是一名优秀的博士，目前在研究天体物理和高能物理。四人是来自不同国家的科学精英，在一起经历七个月的训练后，早已成了默契的伙伴。

"要是到时候我没能承受住 9 个 G 的压力晕了过去，可别笑话我。"杰克嘟囔道。

"那你可不能失去意识，火箭起飞过程中少一个人参与操作都很危险。"戈拉诺夫提醒道，"不过不必太担心，新式的火箭经过设计，已经可以将压力减小到 5G 左右，比我那会儿好得多。"

"小林，你今年还没到 30 岁吧？谈对象了没？"戈拉诺夫问道。

"没有，都忙着搞物理这块儿的研究，哪儿有空儿。"

"也是，二十七八岁就拿到全球排名第一的大学博士学位，确实厉害，难怪 GSO 会选择你去参加这么大的工程科研项目，我还怕送上去的都是些跟我一样没情调的老头子呢。"戈拉诺夫调侃道。

"哪里，哪里！过奖了。"林子柒淡淡一笑。

"在月球表面建设那么大的基地和高能加速器一定要不少钱吧？GSO 哪来那么多资金？"卡黛珊插进来提问道。

"联合国资助的呗。建设的总投资相当于全球一年的 GDP 总额，光凭几个国家肯定支撑不起。这项研究关系到人类未来的科技发展能否有所突破，以及能否具备向宇宙进一步探索的能力，当然值得重视。参与这么宏大的实验项目是每个科学家的梦想啊，这是无可比拟的荣誉。作为首批入选的成员，我们可不能辜负人类的期望。"戈拉诺夫解释道。

"联合国这么有钱？"

"那当然，人家相当于地球的联合政府，是一种国家之外的政治实体。早就不像上个世纪那样没地位，受一些大国的支配了。"

卡黛珊点点头。

在末日危机后，联合国的地位空前提高，人类意识到在一些威胁到全人类生存的大事面前，必须有一个协调各国进行合作的组织；而在联合国成功解决了末日危机后，它的声望也达到了顶点。从此，它取得了各国的一致认可。

"我们到了，下车吧。"杰克提醒道。

林子柒换上宇航服，走入返回舱。经历了上百次的训练后，这里对他来说再熟悉不过了。他熟练地检查了仪表板的各项指标，并将数据汇报给指挥中心。

"连接通信正常。数据传输插头正常。"

"航天服供氧正常。"

"计算轨道参数，检查点火系统。"

"关闭舱门和面窗。"

"整流罩舱口已关闭。"

"还有两个小时要等呢，感觉现在每一秒钟都很漫长。"杰克说道。

"耐心点儿，小伙子！第一次上太空，最重要的是学会不要浮躁。起飞前的准备工作要很久，确保安全是必要的。"戈拉诺夫教育道，"我乘坐过四次火箭，对这种等待早就习以为常了。"

林子柒没有参与他们的聊天，只是静静闭上双眼，等待那一刻来临。

"准备点火，祝一路顺风！"塔台传来声音。

"再见，地球。"林子柒默念道。

二

"呼叫'方舟号'基地，重复，呼叫'方舟号'基地，这里是'探险者号'火箭，准备登陆地表。"卡黛珊拿起通信器。

"允许降落，请于'广寒宫'着陆区降落，我们会派月球车接应。"通信器中传来声音。

"这里是 B 国首次派出的探月车到达的地方，他们将这里命名为'广寒宫'，源自 B 国古代神话中的地名。"林子柒对杰克说道。

"听起来很有情调，说实话……"杰克的话被登陆舱着陆的巨大震动打断了，"该死，我好像磕到下巴了。"

"同志们，请换上宇航服，接应我们的人来了。"戈拉诺夫提醒道，随即熟练地解开安全扣。

他们坐上了月球车。这台车的外表裹着一层厚厚的壳。驾驶员解释道，这是为了防止太阳风暴的影响。车身共有 12 个轮子，时速可达到 35 千米。与初代的月球车不同，设计它的初衷是为了能更方便地在月球运输货物和人员，并非探索月球。

"已顺利接应到四位科学家，正在返回的路上。"

"收到，我们会组织基地的人员来欢迎各位。"

林子柒一行人受到了工作人员们的夹道欢迎。队伍的尽头是一个皮肤有些黝黑的男人，长相看上去十分精悍，却很开朗热情。他分别与四个人握了手，随后主动介绍自己："我是基地设计的工程师之一，同时负责和各位进行对接，我会安排好你们的科研任务，有不了解的事情，都可以问我。"

"B 国人？"林子柒试探地问道。

"是啊，想必你就是林子柒了吧。我看过你们的报道，你是这批宇航员中唯一的 B 国人。"他笑了笑，"我叫李锐，很高兴在这里见到你。"

"走吧，我带你们去各自的房间。"他招手示意工作人员，"林子柒，你跟我来吧。"

林子柒点点头，跟上了他的脚步。

"这个基地刚建成投入使用不久，现在机械化水平上来了，很多建筑工作都不需要人力了，这么多东西竟然能在一年内建好，真是令人啧啧称奇。"李锐边走边聊。

穿过长长的遍布液压管道的走廊，李锐推开了一扇门。这是林子柒的卧室，房间不大，20多平方米。由于基地的反重力装置，林子柒没办法离开地面享受额外的空间，再加上房间里摆了些仪器，所以略显拥挤。林子柒摘下戴在右耳的一个小装置递给李锐，请他帮忙充下电。

"翻译器，这东西好啊。怪不得你跟那三位朋友交流起来都没什么困难。"李锐赞叹道。

"确实很有用，不过我的语言能力还可以，与他们交流，没有翻译器其实也没什么障碍。"林子柒补充道。

"那当然，我知道你很厉害的，B国首个进入GSO的科学家嘛。"

"那些学历、文凭什么的也不是很重要，来这里的话还是要跟各位前辈虚心请教的。"

"说的是，说的是。"

"对了，为何要在月球上进行这些科研项目的研究呢？这样不是会耗费很大的财力、人力吗？"林子柒问道。

"真空环境更适合高能粒子加速器的观测和数据记录。月球上空间更大，进行高能量的喷射实验也不会造成什么影响。从长远来看，在这里进行研究不像在地球，需要在每次实验中投入大量成本。这是人类必须要迈出的一步，无论是为了突破量子物理、原子物理或者高能物理的发展瓶颈，还是为了帮助人类未来去往更广袤的宇宙空间进行探索。只有足够大规模的实验、足够多的实验次数，以及足够精确的观测数据，才可能在研究上有所突破。你也知道，现在物理研究最基本也最有效的方法就是在加速器中用大量高能粒子轰击标靶材料，以此探索物质深层结构的信息。说实话，很单调，很唯一。"李锐轻轻叹了口气，有些无奈地耸耸肩。

林子柒点点头。研究物质的深层结构是其他科学基础的基础。人类在物理学领域已经数十年没有取得突破性发展了，始终没有大一统的理论可以统一之前的物理学家所留下的理论。科技的发展仿佛被上了一把无形的锁，这把锁焊死了人类科学的基础理论，而其他学科近年来的发展和应用不过是锦上添花的修饰罢了。

"不过，事实上，这台加速器不再像以前一样只能简单地控制一堆粒子对撞了，它还可以帮助我们完成一项还处于理论状态的设想的验证——无工质聚变引擎，叫无工质辐射引擎也行。如果成功，以高能集束粒子作为能量的新型引擎将取代传统以核裂变和核聚变反应释放的能量作为动力的化学工质推进引擎，这是航空航天时代的革命。人类未来的星际飞船可以被加速到光速的10%，足以实现恒星际的远航！"李锐激动地描述道。

"那这样确实很有价值。"林子柒表示了赞同。

"不过，这也很难说，本质上这也只是一种模拟，谁都无法保证能否取得突破。人类最需要的是观察更加真实自然、神秘、且有本质起源性的现象。就像被誉为'宇宙之本'的黑洞，了解它的一切是每个天文学家毕生的梦想。它是检验和发展引力理论最好的天然实验室，也是宇宙神秘极端物理现象的起源，还可能为终极大一统理论——量子引力铺平道路；但凭人类的水平，别说深入研究和分析它，连靠近它都不可能。"

"还没开始呢，别说丧气话。政府派我们来，不就是为了解决这件事的嘛。"林子柒安慰他。

"行了，你去休息吧。飞过来应该也挺累的。你会习惯这里的生活的。如果无聊的话，可以看看外面的环形山。哦，对了，你房间这个方向还可以看到著名的天坑，叫'普罗米修斯之心'，挺好听的吧。明早，我会带你了解科研实验的相关事宜。那现在我就不打扰了。"李锐说完，便轻轻关上了门。

林子柒躺在床上，看向外面的天坑，这是他见过的最大的坑洞，也是在地球上绝对不可能看到的奇观。它的直径达到了惊人的 500 千米，以至于无法从房间看到尽头，可以想象到当年那些核弹的爆炸有多么猛烈。他想起了普罗米修斯，那位为了人类献身的勇士，因为帮助人类窃取了火种而被囚禁在悬崖上，每天被秃鹫啄食心脏，他仿佛明白了这个名字的含义。据说，在月球的背面还有通古斯天坑，人们以 20 世纪发生的神秘爆炸事件为其命名。那是当年"审判之剑"撞击月球的位置，只是因为目前的科技水平有限，人类还无法登陆背面去勘察该奇观。他想起了自己的父亲。父亲是末日之战中为人类牺牲的英雄，可自己脑海中浮现出的他的面孔却是一片模糊。也许他曾经为人类献身的地方就在距离这里的不远处，想到这儿，林子柒不禁有些伤感。

林子柒很快进入了梦乡，他再次做了类似的梦。梦里，他站在一个湖边，而水中突然浮现出一条通往对岸的桥，两旁依旧是一片黑暗。与之前不同的是，那个男人主动朝他走了过来，停在他面前。他仍然看不见男人的脸，但能注意到男人的嘴巴在无声地张合着，仿佛在诉说着什么。

你想告诉我什么？

三

林子柒从床上醒来，看向窗外。天色依然是灰沉沉的，分辨不出时间。洗漱完之后，林子柒便前往餐厅用餐。在那里，他见到了昨天与自己分开的三位队友。饭后，他被告知自己将与卡黛珊一组去往一号加速器。

　　站在这台加速器面前，林子柒顿时感到了自己的渺小。这台机器与其说是用来研究粒子碰撞的，不如说更像一台巨大的喷射发动机，它的尺寸足有 4 千米。虽然人们曾在地球上建过远比这更庞大的环形加速器，但功能肯定没有这台先进，以空间的堆砌来提升粒子能量上限的时代早已一去不复返。可以想象到在这台经过"浓缩"的机器中，每一处细节都凝聚了设计者的心血和建设者的汗水。

　　难怪它有那么多用途和功能。林子柒心想。

　　李锐领着他们进入控制室，向他们介绍了使用事项。林子柒来到自己的位置上，观察着密密麻麻的仪表盘。卡黛珊问李锐："我们今天的实验和在地球上的加速器所进行的其实并无不同啊？"

　　"加速器毕竟刚建成投入使用，这是初期的实验，很快会有更复杂大型的。况且，这里所得数据应该是最优良的，不是地球上的环境所能比拟的。"李锐解释道。

　　"请各位准备好吧，机器正在充能，实验将在半小时后开始。"一旁的工作人员催促。

　　"你猜月球背面的通古斯天坑是眼前这个的几倍？"林子柒努努嘴，问卡黛珊。

　　"不好说。毕竟，月球的重力加速度很小，人类又是人为改变月球的轨道。陨石体积虽然很大，但撞击时的能量应该没那么多。"卡黛珊说。

　　"你父亲就是在这儿牺牲的吧？"卡黛珊接着说道，"我的父亲曾经与你的父亲一同在粒子研究中心工作过，他常跟我说起你的父亲，不光发表多篇权威论文，获得过诸多奖项，还是有着大无畏精神的勇士，为了全人类的明天牺牲了自己。"

　　"是吗？"林子柒感到有些意外，过去训练时，卡黛珊从来没有跟他提起过这段往事。

　　他接着说道："父母去世的时候，我还很小。奶奶和曼恩教授一起抚育我长大，将我培养成才。我对父母的感情可能单纯一些，更多的是想念，而不是崇高的敬意。"

林子柒没有完全说出他真实的想法。事实上，父亲和奶奶一样，是个沉默寡言的人。父亲在读完大学后便离开了家乡，从此便是七年未归；而奶奶什么也没说，一个人默默地坚守着故乡的老宅，与漫天黄沙为伴。后来的一天，父亲忽然回到家，激动地向奶奶介绍自己的未婚妻，说他们在工作中认识，自己准备和她结婚。奶奶笑了笑，又是什么都没说，同意了这门亲事。

后来呢？后来，母亲生下自己后的数周以后，人类便面临末日危机。父亲作为国际顶尖的科学家应召出征，再也没有回来；而母亲也在末日带来的混乱中去世。奶奶依旧什么都没有抱怨，只是独自辛劳地抚养林子柒长大，直至去年去世。林子柒想到这儿，总是对奶奶心生愧疚，但同时也对父母的蓦然离去怀有一丝不解和埋怨。为何要如此冷漠地丢下自己和奶奶？

小时候的林子柒在生活中便经常因为没有父母而受到同学的嘲笑。家中只有几张母亲的照片和一张父亲在学生时代的模糊的毕业留影可以让人回忆。这让林子柒的内心感到无处安放，连一个精神上寄托心灵的港湾都没有。

"曼恩教授，我也知道，他是 B 国科学研究院的，我小时候还蛮崇拜他呢。"卡黛珊打断了林子柒的思绪。

"没想到我们还蛮有缘的呢。"

"是啊，用你们 B 国的话来说叫什么？'冥冥之中，自有天意'吧。"

林子柒望向远方，他回忆起了 25 年前那场惊天动地的灾难。

25 年前，A 国航空航天局的卫星发现一颗巨大的陨石即将撞向地球。在观测情况发布后，B 国、C 国的卫星系统也确认了这一事实。这是一颗巨大的小行星，人类将其命名为"审判之剑"。根据初步计算数据，这块陨石来自柯伊伯小行星带，它的直径在 549 千米左右。而以人类目前的科技水平，一种方法是将所有的核弹头装在洲际导弹上对其进行爆破，但很难将其击碎，即使成功，后续的碎片残骸直径也可能在 10 千米以上，一旦它们坠落地球，后果将不堪设想。另一种方法是凭借爆炸的冲击波改变其航向，但这样就必须赶在到达洛希极限之前实施计划，否则，该小行星将会被地球的潮汐力撕碎，无数的残骸会撞向地球，依靠地球的自转速度覆盖表面，燃烧殆尽每一条生命。

人类在巨大的天灾面前对自己的命运无能为力。世界陷入了动荡不安，许多看不到希望的人选择自杀。群众纷纷游行示威，要求政府采取有效措施，犯罪率空前升高。更可怕的是，一条消息在世界各地像野火般流窜开来：政府早在很久前就开始研究星际飞船，有一小部分人随时都可以离开地球，避免在末日中化为灰烬。

在文明灭绝和个人生死面前，许多人都丧失了理智。这一刻，人们已经顾不得什么有悖基本价值观和道德准则了，在死亡面前，没有贫富差距和阶级障碍，众生平等，没有人可以幸免于难。不管这条消息的真假，哪怕是为了人类文明火种的延续，人类也不会允许这种逃亡主义的存在。

世界各地发生暴动。人类在天灾面前表现得不堪一击，如此下去，即便没有陨石，社会的全面崩溃也会使人类文明遭受重创。

在这样的危急关头，联合国召开了可能是最后一届的联合国大会，所幸世界上绝大部分国家的代表都到场了。他们召集全球科学领域的精英们，制定了这项决定人类存亡的计划。

人类集结了世界上所有的核武器，将近 9 万枚高当量核弹全部埋设在月球的一面，当月球恰好公转到处于地球和陨石所成的直线附近时，利用卫星统一引爆。巨大的冲击力将会使地层岩石被掀飞，由于月球的低重力，它们会达到逃逸速度冲进太空，产生反冲力，再加上爆炸中产生的能量，对月球起到一定的推进作用。而核弹分三层安置，在第一层引爆不久后会形成连锁反应，产生脉冲式推进。这样能使月球发生一定的偏转，从而让月球代替地球承受撞击。这是压上人类命运的豪赌，是人类有史以来第一次如此团结一致解决问题。

然而，令人没想到的是，太阳磁暴的一场袭击打乱了人类的计划，卫星的无线电波控制受到干扰，无法大面积引爆核弹。一旦错过这个时机，人类再无办法摆脱灭亡的命运。在绝望时刻，所有参与布弹任务的宇航员留了下来，选择手动引爆。他们都是社会精英，其中有负责此项目的政府官员，还有很多出色的科学家，包括林子柒的父亲；但无一例外，他们选择了留下，以牺牲自己来换取全人类的生的希望。联合国将每年的 11 月 7 日作为纪念日，以此铭记这群崇高无私的英雄。

值得一提的是，在这次危机后，联合国的地位空前提高，各国不约而同地赞成将其作为一个协调国家间关系的组织，以便人类共同面对未知的灾难。

当然，爆炸和撞击后续仍然造成了一定影响。小量碎片抵达了地球，所幸没有造成特别大的伤害，但社会各界的动乱和战争使全球经济衰退了快 20 年。

"要准备了，林子柒，别发呆了。"卡黛珊温柔地提醒道。

林子柒回过神来，开始记录。

"生成电场，利用强磁场加速，观察高能粒子和反粒子碰撞。"

"准备收集信息，记录粒子运动轨迹、能谱和其他粒子的相互作用等观测数据。"

四

不知道过去了多久，林子柒伸了个懒腰，抬头看向窗外。窗外的世界看上去没有任何变化，深邃的宇宙映衬着一片荒凉，显得虚无而神秘。

"数据出来了，你那边应该可以看到。"卡黛珊提醒。

"这么快出结果？"林子柒感到有些意外。

"质子的速度达到了 299792457.9996 米每秒。"他摇了摇头，和卡黛珊相视苦笑。他明白这个数据的意义，这的确是人类有史以来将粒子加速到的最大速度，基本上无限趋近于光速了，而且这台机器很轻松地就做到了。当然，不出所料，并没有完全达到光速。这也就意味着，构成世界的所有质子和电子仍然受到狭义相对论的约束，无论设备多先进。这可能是物理学无法逾越的鸿沟。

这是胜利者的失败。林子柒心想。

"请注意，请注意！所有在加速器的成员立刻返回'方舟号'基地。重复，所有在加速器的成员立刻返回'方舟号'基地。根据观测，一场太阳风暴正在接近月球，将于 40 分钟后抵达月表。带好所有的电子设备，否则磁暴会让它们报废。"通信器里忽然传来声音。

"怎么回事？"林子柒找到李锐。

"太阳风暴影响，不能在月表作业。快走吧，赶紧上月球车。"李锐拍拍林子柒的肩膀，"所有工作人员不要逗留，跟随我们离开。"

林子柒紧跟在李锐后面，问道："这玩意儿是定期的吗？"

"这玩意儿经常有，不过强度不定，这得看太阳黑子的心情。"李锐打趣说，"之前遇到过比这还大的，搞得基地修建停工了好久。"

他们乘坐月球车回到了基地。林子柒抚摸着车壁，由衷地对这种外形感到喜欢，它的先进和强悍是朴实无华的，没有野蛮的气息。

"辛苦各位了！"门口的工作人员迎接了他们，"正在为各位准备午餐，各位可以先回房间稍作休息。"

"这里的中午难道是用月球时计量的吗？"杰克开玩笑。

"那你早饿死了。"林子柒回应。

他放下手中的仪器，找到自己的房间，推开门径直走进去，躺在床上。说实话，他更喜欢在太空中失重环境下那种无拘无束的自由，这间略显狭小的房间让他颇有些无所适从。望着窗外，一切显得如此平静，丝毫不见风暴的痕迹，但他知道，此时，月球的地表已经暴露在大量高能伽马射线下，在这样强的辐射下，没有任何生命可以存活，哪怕穿上最先进的特制宇航服，磁暴也会使机器无法工作。好在这里的墙壁是特制的，能完全阻挡辐射，自己身处在一个安全的保护罩中。林子柒转头看向巨大的加速器，想起今天的实验，他忍不住感叹其性能的强大，却又显得有些失望。他忽然有种感觉，这一切仿佛是徒劳无用的挣扎。

恍然间，林子柒的余光瞥到了门口，他瞬间警觉了起来。房间门口站着一个人，正一言不发地注视着他。林子柒猛然看见一个蔚蓝色的人影闪过，这让他感到后背有些发凉。

"杰克，是你吗？戈拉诺夫？"林子柒试探地问道，他很确定刚才门口站着个男人，"别开玩笑了，赶紧回答我。"

无人回应。

林子柒猛然冲出去，喊道："是哪位工作人员吗？刚刚在我的房间门口。"他的心怦怦直跳，无法平息。林子柒将目光移向左右走廊，但遍布的液压管道阻挡了他的视线。

"噗"的一声，一条管道喷出一团白气，吓了他一跳。回过神来，他冷静下来思考是不是自己看错了。难道是我眼花了？林子柒怀疑自己。

不可能是自己的幻觉。刚才那一眼绝对没有看错。

想到这里，为了打消自己的疑虑，林子柒决定去一探究竟。他半蹲着，用手扶着墙壁，一点儿一点儿顺着走廊往前挪，小心翼翼地探出头确认前方道路的情况。走廊的尽头是一间机房，这是条死路。

刚才那个人影往右走了，如果我没看错的话。林子柒想，既然如此，那他无路可走，只能藏在机房里。于是，他壮着胆子，推开了机房掩着的门。

里面静悄悄的，摆放着许多台机器。林子柒生怕它们其中的一台突然传出巨大的轰鸣声，好在并没有发生他想象中的事。

"我知道你在里面，出来吧，别躲了。"林子柒虚张声势，虽然他自己也无法确定。

然而，他并没有得到回答。最后一次喊话后，他只得让自己平复心情，强迫自己相信那是错觉。"眼花，眼花，林子柒，你最近实在是太累了，真的需要好好休息了。"他一边念叨着，一边向外走去。

然而就在此刻，他无意中回过头，瞬间，他全身的血液都快要凝固了：先前站在门口盯着自己看的男人不知何时出现在机箱旁。由于距离较远，林子柒没能看清他的面庞；但诡异的是，不同于正常人，男人全身上下都幽幽地泛着蔚蓝色的光，身体给人一种仿佛不存在的轻盈感，但他确实在那儿，并且直勾勾地看着林子柒。

林子柒张着嘴，努力控制喉咙想要说些什么，但一切都徒劳无用。这一刻，他的神经绷到了极致；但奇怪的是，男人并未多做停留，而是赶在林子柒的语言功能恢复过来之前离开了。殊不知，这一幕令林子柒更加震惊，因为男人只是缓缓地向后退去，随后便穿过了机房的墙壁消失无踪。

林子柒的世界观快要崩塌了，他无法相信今天自己亲眼所见的一切；然而，这一幕就真实发生在眼前，让他想为这一切解释的理由都黯然失色。

刚刚那到底是什么？月球上什么不为人知的超自然现象吗？外星人？林子柒凭借自己资深科学家应有的理性和素质冷静了下来，努力想要找出背后的原因。

这太恐怖了，一个来历不明的人，还似乎拥有着超能力，万一他在基地里……想到这儿，他立马决定动身告诉众人这件事；但很快，他就放弃了这个想法：他们不会相信我说的话，他们会和我一开始想的那样，认为是我压力太大、太过劳累导致出现了幻觉。

"我该怎么办？"

思来想去，他决定去找一个人。

五

林子柒轻轻敲了敲房门，开口问道："李锐，你在吗？我是林子柒，找你有点儿事。"

房门缓缓被拉开，李锐的身影出现在眼前："怎么了？林子柒，找我什么事？进来坐着说吧。"

林子柒点点头，走进去坐下。

"是这样的，我想问下，就是在基地的建设期间，有没有发生什么超自然现象？或者通俗点儿说，就是灵异事件。"林子柒问李锐。

"这个嘛，一般来说，这种事有人看到都会向我汇报的，不过，截至目前，我还没听说过这种情况。怎么了，难不成你看到了？"李锐摸摸脑袋，似乎对林子柒的问题有些不解。

"这个不好说……"林子柒将刚才发生的事娓娓道来。

李锐沉思许久，这才张口说道："虽然你是享誉世界的科学家，应该是具有一定的判断力和辨别力的；但说实话，这种事我很难相信你啊，毕竟，现代的科学都这么完善了。会不会是你最近压力有些大、比较劳累呢？"

"不可能，我亲眼所见的，应该不会是幻觉。"林子柒否定了他的想法，"我出发前，在地球上是经过训练的，这才来一天，何谈疲劳出现幻觉一说。"

李锐笑了笑，说道："你可能太高估自己了，宇航员离开地球后都很容易产生心理问题，这不仅仅是因为压力和疲劳。据说，当你站在月球上看向地球时，会有种发自内心的恐惧和孤独感。因为四周实在是太空旷了，还有深不见底的黑暗，只有地球那一颗蔚蓝明亮的星球若有若无，隐隐约约。这不光是对陌生环境表现出的不适应，还是人类对'感到自己的渺小'这件事的本能反应。说实话，这种情况算比较正常的。之前也有过宇航员出现幻觉，甚至患上抑郁症的情况发生……"

"行吧，我知道了。谢谢你！"林子柒礼貌地答谢道，"我自己回去会试着调整下状态的。"

"那就好，祝你好运！有问题，随时可以来找我。"

林子柒在李锐的目送下离开了房间，他知道这次谈话是无功而返；然而，令他有些意外的是，李锐对这件事似乎表现得非常淡定，态度也十分明确。林子柒的直觉告诉自己，李锐好像在隐瞒些什么。他找到监控室想要调出那时的录像查看，却被工作人员以"权限不够"为由拒绝了。

那玩意儿可以被肉眼观察到，说明它在可见光频率上。既然如此，下次发现他时，我可以将他记录下来。只有拿出证据，他们才无话可说。林子柒想。

"小林，该吃饭了。"戈拉诺夫粗厚的嗓音从走道里传来。不得不说，在这种时候，这声音让人感到甚是安心。

"来了，稍等啊。"林子柒回应道。

他决定暂时放下眼前的这件事，先逐渐适应这里的生活。说不定真是自己的幻觉呢。林子柒耸耸肩，向餐厅走去。

午餐很丰盛，有牛肉、面包、香肠、果脯等，称得上是美味佳肴。不得不说，这比起几十年前好太多了。林子柒心想。他了解过，以前宇航员的一日四餐有很多都是方便携带的罐装食品和像牙膏一样的流体食物，虽然味道也不差，但与自己眼前的食物相比，还是有不小的差距的。

毕竟是有着一定规模的稳定的基地，这里的食物很多都是现场烹饪的，厨师甚至特地为林子柒准备了一道 B 国的特色菜。林子柒表达了自己的感谢。这道菜，他确实挺喜欢，没想到在地球之外还能吃到这样的美味；不过，厨师可能将其做成了麻辣风味的，林子柒只试了一口就被辣得四处找水喝，剩下的只能交给戈拉诺夫一个人享用了。

"哼，还挑三拣四的。我当年上太空哪有这些美食吃。"戈拉诺夫颇有些不屑。

饭后休息了会，林子柒在杰克的带领下来到了健身房。

"坚持锻炼，兄弟！在太空身体健康是很重要的。重力比较低的话，要小心骨骼肌肉强度下降。"杰克说罢躺在垫上，举起一个杠铃，"至少也得像我一样……哦，痛，痛，痛！快来拉我一把，我举不动，林！"

林子柒见状只好过来帮忙。

"完了，不知道有没有拉伤。"杰克活动着肩膀，看上去有些懊悔自己刚才的鲁莽。

"我还是试点儿温和的吧。"林子柒指了指一旁的跑步机。

"我同意你的观点，走吧，林。"杰克站起身。

站在跑步机上，杰克刚准备戴上耳机开始锻炼，林子柒拦下了他。

"怎么了，兄弟？"杰克问。

"你信不信这个世界上有外星人？"林子柒说。

"你在说啥呀？"

"我今天在房间看到门口有一个人影闪过。起初，我没在意，以为是幻觉。后来，我在机房看到了他。那人全身上下散发着诡秘的蓝光，他瞥见我后直接穿过墙壁离开了。"

"开玩笑吧？你是不是压力太大啊，还是过度疲劳，难不成是想家了？我懂了，肯定都怪戈拉诺夫那老东西，天天给你灌输什么'我们是代表全人类来的''我们的肩上背负着重大的使命'，搞得你太紧张，每天都小心翼翼，生怕出岔子，以至于都出现幻觉了。"

"你不相信我？"

杰克不假思索地低下了头，良久，他咧开嘴笑了："当然信你，必须相信啊。我们认识这么久了，那都是掏心掏肺的朋友了。下次你要是见到的话，一定要叫我过去看，我会帮你向大家证明的。哦，对了，如果我看到的话，一定会拍下来并且告诉你的。"

"行了，行了！其实，我是跟你开玩笑的，来跑步吧。"林子柒戴上了耳机，他知道杰克在敷衍他。大段大段的音乐流淌进耳朵，林子柒的心情也逐渐放松下来。他抬头看了眼日期，距离返回地球还有三个月。

六

时间一晃过去了快两个月，奇怪的是，林子柒始终没有再见到那个神秘人，甚至连他自己都对当初的所见所闻产生了怀疑。渐渐地，他也放下了这件事。

林子柒很快便适应了基地的生活。由于上次太阳风暴的影响，月表有一段时间不能作业，林子柒和另外三人倒是趁此机会享受了一次难得的"月球假期"，每天的生活有些重复，却并不单调和枯燥。林子柒不仅领略了月球上的奇景——环形山的风光，还近距离观赏了"普罗米修斯之心"。用他的话来说，那一刻的震撼无法用语言来表示，他第一次如此强烈地感觉到自己的渺小，那个坑大得甚至一眼望不到尽头。林子柒轻轻伸出头往下瞅，却惊奇地发现这个坑并不是很深，仅有区区数百米，跟宽度比起来简直是小巫见大巫。可能是因为月球土壤里有很多种金属元素，比较扛炸吧。林子柒没有多想。

科研的任务每天都有，但也称不上多，没有到夜以继日的那种程度。高能粒子加速器成功形成了高能粒子束，结果却不尽如人意，产生的粒子束只有破坏性，人类根本无法利用其能量；而另外很多实验结果其实早就在地球上得到检验了。也就是说，初期的实验并未取得实质性的突破。当然，林子柒还是很高兴的，这对他来说挺有成就感，毕竟，自己在地球上是做不成这些实验的。

刚来到月球的那几天，基地和地球的通信系统出了点儿故障，以至于林子柒一直都无法联系上曼恩教授，好在系统很快便修复了。当屏幕中出现曼恩教授的面容时，林子柒就像见到了阔别已久的老友一样兴奋。

"好久不见，甚是想念。"林子柒强撑着淡定，然而，他的思念之情早已溢于言表。

"哈哈，小林啊！你看上去气色蛮好的，不知道是不是因为那边伙食不错，把你喂胖了。至少，应该比我那会要好吧。"曼恩教授笑着说。

"您还上过太空？"

"好早之前的事了，我这把老骨头早不行了。对了，你们还得过三个月才能返回地球吧，那看来我的90岁大寿，你只能在月球远距离陪我过了。"

"是吗？那还挺特别的。教授啊，其实，我感觉最近的实验结果都不是很理想，总是缺少些关键的突破环节，但又不知道问题出在哪里，就像无工质聚变发动机……"

"别多想，孩子，做好自己分内的工作就行。"曼恩教授打断了林子柒的话，"就算你们没有完成任务，还会有一批又一批的科学家前赴后继的。别给自己太大压力，你已经很优秀了。"

"嗯，您要保重身体！"林子柒努力地点点头。

告别教授后，林子柒想了想，从李锐那里要了一本笔记本。他决定开始写日记，将每天的生活记录下来，之后带回地球去。

原以为生活会这么平静地一直持续下去，直到返回地球；然而，令林子柒没有想到的是，他很快就要再次经历诡异的事了。

这天，林子柒从睡梦中醒来，收拾好一切后准备去往加速器，却被告知今日暂停科研工作。

"发生什么事了？"林子柒有些不解。

"加速器中的超导性强磁体出了问题，强电磁场有泄露现象。"戈拉诺夫替李锐解释道，"附近的电表仪器都无法正常运作。"

林子柒点点头。忽然，他想起了什么。他迅速在一旁的桌子上坐下，支起通信器，测试接收信号。果然不出所料，屏幕上是一片雪花。这也意味着，他今天没有办法和曼恩教授视频了。

"这个大概要多久修好？"林子柒问。

"不好说，工作人员已经在检查问题了。"李锐两手一摊，表示自己无能为力，"就当今天是给你们放假吧。"

林子柒撇撇嘴，既然不能出去，基地里的电子仪器又都不能使用，这个假日显然会比较无聊。

"林，昨晚睡得好吗？"杰克笑嘻嘻地凑过来。

"还行吧，怎么了？"

"听说强磁场会影响睡眠，就像两只苍蝇一直围在你耳边。电磁辐射对人体的伤害还挺大的，我看去那边的工作人员都穿着厚厚的工作服。"杰克滔滔不绝，"下午，一起去健身，好吗？"

"可以。"林子柒爽快地答应了。

回到自己的房间，林子柒坐在桌前，拿出自己的日记本翻看，上面已经记录了四五十天他的生活，时间就仿佛手中的纸张般一页页地翻过去，从指缝中流逝，不禁让林子柒感叹起光阴似箭。他思考着如果将这本日记带回地球后稍做修改，会不会成为一本畅销书。如果再宣传作者亲笔所写的版本限量出售……想象着人们蜂拥而至、争相购买的场景，林子柒忍不住笑了。当然，人们买回家是拿起来细细阅读还是摆着做装饰，另当别论。

林子柒忽然想起不久后就是曼恩教授的生日，便寻思着该为教授准备什么礼物。他拿出一张纸，准备在上面列出清单。

门口忽然传来东西掉落在地上的声音。

林子柒吓了一跳，他回过头查看，门外空荡荡的，萦绕着一股诡异的静谧。林子柒瞬间想到了什么，他立刻跑出去查看，结果却一无所获。

难道是我的幻觉？林子柒想着。忽然间，他的脚踢到了一个铁盒子。林子柒捡起来一看，瞬间警惕起来，他明白刚才不是自己的幻觉。有人碰掉了放在柜子上的空气净化器，因为在这个基地里，不可能有风。

想到这，林子柒立刻打开了摄像设备，但他很快就想起来由于强磁场的干扰，这玩意儿目前无法使用。经过数代发展和更新，为了更快地处理大量数据，月球上所有记录设备的运作都是接入无线网的，形成一体化。

就在这时，林子柒隐约感觉到耳畔有人在低语，那声音像是从四面八方同时传来，让他无法辨别方向。一阵低沉的声音不知从什么地方发出，像从地狱吹来的风一般，涌入林子柒的耳朵。

这一次，他很清楚地听到了那句话。

"放下它。"

林子柒惊恐万分，他下意识地往后退去，却不小心绊倒了自己，一头撞到了桌子上。感觉到头顶像是有一股液体流下，林子柒用尽最后的力气大喊道："杰克，李锐，快来帮帮我……"

七

林子柒再次醒来的时候，正躺在一张干净整洁的床上，环顾四周后，他发现自己并不是在卧室里。

"你醒得挺快嘛。"旁边一个戴着口罩的人开口说道，林子柒这才注意到他。口罩男挪动了下林子柒头顶的聚光灯，刺眼的光芒进入林子柒的眼睛，这让他颇有些难受。

"皮外伤，流了点儿血，问题不是很大。回去注意点儿，怎么一个人在房间里还能摔着？看见你被送过来的时候满头是血的样子，我都吓坏了。"

"你是？"

"医生。你头上缠了一圈绷带，等一天再拆，愈合需要时间。"

"你能帮我叫李锐过来吗？我找他有急事。"

"你的伤还没好，不要剧烈活动。李锐应该在安排维修工作。"

"加速器的磁场泄露问题还没被解决？"

"快了吧，我哪知道，我就是个医生。还好，你伤得不重。现在很多大型的医疗仪器都用不了，如果你需要供氧输血，就麻烦了。"

林子柒没有犹豫，翻身下床，穿戴好衣物，冲出医务室。顺着熟悉的过道，林子柒找到了杰克的房间。

"杰克，杰克，快出来！"林子柒猛烈地拍打着房门。

"怎么了，林？"杰克伸着懒腰打开门，看上去睡眼惺忪的样子，"这么着急，有什么事啊？我在补觉呢。昨晚不知道是不是因为磁场的干扰，搞得我没睡好。你那房间位置不错啊，比较靠里面，又没啥人去，挺安静……"

林子柒打断了杰克的话，着急说道："别说这些了，我找你有重要的事。"

"行行行，你说。哎，对了，你怎么把脑袋给磕坏了？那下午还去不去健身啊……"

"杰克！听我说。"林子柒一把抓住杰克的肩膀，大声喊道。

"我听，我听。"杰克显然没料到这种情况，有点儿被吓到了，"冷静下来，林子柒，你怎么了？"

"我在房间里的摔倒不是因为自己不小心，而是因为发生了很诡异的事，我听到了有人在我旁边耳语。房间里的东西，它……它自己掉到了地上……不是，不是，等下，让我想想该怎么说……"

"你在说什么啊，林？怎么胡言乱语的？上次说什么看到外星人，这次又是幻听到有人说话，是不是因为撞到脑袋了？等下，你不会精神失常了吧？"

"我没有看错！没有听错！这是真实发生的事。"

"我觉得你需要去看心理医生。如果我没记错，基地里应该是配备了两名专业的……"

"我最后重申一遍，我没病。当时……"

"这就是你吵醒我的理由吗？"杰克终于忍无可忍，"哥们儿，你头上的绷带还没拆呢，回去休息吧。"

"怎么了？"巨大的动静引起了另外两名队友的注意，卡黛珊和戈拉诺夫闻讯赶来。

林子柒冷静下来，他明白自己就算再跟两人解释一遍也是徒劳，连最信任的兄弟都认为自己可能精神失常，他们更不会相信这一切。

"不好意思，我情绪有点儿失控了，可能是因为撞到哪根神经了。"林子柒尴尬地笑笑。

杰克见状也没多追究，关上门睡觉了。

"好好休息，小林。"戈拉诺夫劝道，"如果你需要帮助，随时都可以提出来，没什么不好意思的。"

"我明白了，谢谢你们的好意，我回去休息了。"

"需要搭把手吗，小林？"

"不了，我自己可以。谢谢你，卡黛珊！"

林子柒回到自己房间做的第一件事就是紧紧关上房门，四处寻找东西将门拴上，不过转念一想，既然上次那个奇怪的东西能穿过墙壁消失，这一招估计也无济于事。

忽然间，他的余光注意到了自己的日记本，很显然，它被人动过了。因为他清楚记得，自己看完后，把它摊开在桌子上，而现在它被合上并摆放在桌子的一角。当时的情况危急，来救援的人不可能还会注意到要把日记本合上放好。

所以，还剩下一种可能。

林子柒走上前去，拿起本子，缓缓地翻开。一页，两页……没有被动过的痕迹，直至最后一页。

他在这一页的最上方看到了一行字，那行字的笔迹很像他，然而可以肯定是出自另外一个人之手。他声音有些颤抖地念了出来："我在机房等你。"

那一瞬间，林子柒的身体像是感觉到有一阵冷气从脚尖直冲头顶，令他周身不寒而栗。

去吗？林子柒犹豫着，有些惧怕。他不知道对方的来头，而且能够做到这些可怕的事，肯定有不小的能力。不知道这是真心的友善邀请，还是鸿门宴的邀请函。林子柒撕掉这页纸，攥在手心，他知道就算把这行字给别人看，也无济于事。

想要解开真相，只能靠自己了，前方的道路是孤独的。

林子柒探出头看了眼走廊，确认没人后，他蹑手蹑脚地向机房走去。这个地方确实如杰克所说的鲜有人至，只有液压管道的喷气声偶尔会不合时宜地打破这片静谧。

他推开机房厚重的门，齿轮扭转传来刺耳的嘎吱声，像在不堪重负地呻吟。我来了，你在哪儿？林子柒在心里默念。这里看上去如数周前自己初次探访时一样，没有任何改变。

"还不现身是吧？既然如此，那我走了？"林子柒壮着胆子踏进去，对着空气扬起眉毛。

随后，他的瞳孔立马缩紧了，露出一副不可思议的表情。他第一次见到的那个神秘的男人此时缓缓从机箱后面走出，他的身体还是如出一辙的诡异，全身上下被蔚蓝色的光包围着。林子柒目瞪口呆，他原以为这一刻到来时自己已经鼓足勇气做好了准备，然而，此时的他唯一能做的是竭力控制自己那有些颤抖的双腿，好让自己不至于坐在地上，但两只不争气的脚却像石化一般，扎根在地上动弹不得。

那个男人没有过多犹豫，径直向林子柒走来。林子柒本能地张嘴想要呐喊，但他凭借仅剩的一丝理智控制住自己不要发出声音。他明白，当别人赶到时，那个神秘人会再一次消失得无影无踪，只剩下自己在惊恐地胡言乱语。

直面真相是需要勇气的。在黎明破晓前，总要有人照亮黑暗。

所幸，男人在林子柒的跟前停下了，他并没有做出什么伤害林子柒的事；然而，令林子柒没想到的是，男人只是静静看着林子柒，一言不发，二人之间陷入了可怕的静谧。

不知道为什么，林子柒对眼前的场景感到莫名的熟悉，总觉得似曾相识。忽然，他的脑海里断断续续闪过一些片段，在那一瞬间，他想了起来。

在梦里。

那个奇怪的梦，看不到尽头的走廊和两旁黑暗的虚无，远处若隐若现的男人缓缓向自己走来。林子柒对那个身形再熟悉不过了，唯一的区别就是梦里男人的脸庞始终被一团黑暗所笼罩。

而现在，林子柒清楚地看到了男人的脸，是正常的年轻男人的样子，看上去，年龄与林子柒相仿，长相颇有些清秀英俊。林子柒曾想象过男人的脸会如恐怖电影和小说中描写的那般狰狞，没想到，现实却恰恰相反。

奇怪的是，林子柒并不认识眼前的男人，却不由自主地产生了一股陌生的亲切感；但他并没有多想，既然男人没有伤害自己的想法，眼下最要紧的应该是找男人问清楚一切。

于是，他强压着心中的恐惧扶着墙壁，开口问道："你是谁？你从哪里来？"

男人没有回答，反而垂下了头。这让林子柒不确定他是在思考问题的答案还是不愿意和自己交流；不过，他问出这句话的时候也感到一丝后悔，毕竟，根本就无法确定男人是否有跟自己直接对话的能力。

"如果你听得懂的话，就点下头。"林子柒用手比画着，试图让男人理解其中的意思，虽然他自己也知道这是徒劳无用的。

出乎意料的是，男人点了点头。

林子柒欣喜若狂，但随即又陷入了沮丧，他知道男人刚才只是单纯回避自己的问题。

"之前是你在跟我说话吗？"林子柒一字一顿问道。

男人没有表态。

"你是人类吗？"林子柒问这话是想确定眼前所见是不是某种外星的高智慧生命所虚构模拟出的人类形象，如果是的话，那眼前的男人就只是一个用来传话的工具媒介罢了。

然而，他得到的依然是沉默。

林子柒有些尴尬，他做出了一个大胆的决定——他慢慢抬起自己的右手，伸出一根手指，试图去触碰男人的身体。没想到，男人很快做出了回应，只不过他并没有后退，而是学着林子柒的样子也伸出了一根手指。

两人的指尖在空中相遇了。

这是种奇妙的感觉，林子柒几乎无法感觉到指尖的阻力。自己触碰到的像是一种无形的实体，仿佛它们之间隔了一层无形的障壁，永远都触不可及，但林子柒确实感受到了对方的存在。

"请回答我的问题吧。"林子柒迟疑了一会儿，抬起头用期盼的眼神望着男人，"你记得自己是谁吗？"

"什么都不记得。"男人终于还是开口了。他的声音听起来令人感到宽慰、舒心。

林子柒内心窃喜，男人终于愿意跟他交流了。

"你在这儿多久了？"

"有时候在这儿，其他时候都不记得了。"

奇怪的回答。林子柒想。

"就你一个吗？还是说，有很多跟你一样的……同类？"

"没见过。"

"你是人类吗？"

"我不清楚。"他的回答让林子柒心头一颤。

"之前跟我说话的是你吧？还有碰掉东西、在我的本子上写字的也是你吧？"

男人点点头，算是默认。

"你记得过去吗？"

男人一声不吭，很显然，他不愿提起这件事。林子柒没有为难他，直接换了下一个问题。

"你来这儿是为了干什么？"

"不知道。"

这三个字像是从牙缝中艰难地挤出来的，以至于林子柒几乎听不到。他敏锐地捕获到了男人眼神中的躲闪。

他在瞒着我什么？林子柒在心里想着，但他也不准备继续深入这个话题。

"为什么只……"

林子柒的问题还没问完，忽然从走廊上传来了一个陌生女人的声音："林子柒，你在哪里？"还好，他眼疾手快一把掩上了机房的门；然而，就在一眨眼的工夫，刚才还站在自己面前说话的男人像原地蒸发一般，瞬间凭空消失了。

靴子踩在地面上的声音逐渐逼近，林子柒只得装作自然地拉开了门，若无其事地对迎面走来的女人说道："我在这儿，你是在找我吗？"

女人好奇地探头进来，问道："我是在找你。你在这里干什么？"

林子柒眼珠子转了两下，不假思索地回答道："这里面特别安静，我在这里面散步、打坐，有助于调节情绪、释放压力。"

女人没有多追究，而是接着林子柒的话题说道："看来你也意识到自己的问题了嘛。我是李锐先生派来的心理医生，不必畏惧我，我是来帮助宇航员排忧解难的。"

林子柒心一沉，看来杰克还是将自己的情况和李锐说了。当然，在此时，他无暇顾及这么多。他只想尽快地结束会谈，然后去完成那件重要的事。

"对不起，医生，给你们添麻烦了。我来基地后，工作压力比较大，经常感到疲劳，甚至会出现幻觉，比如认错人什么的。"林子柒将脑袋里提前编好的话一股脑地倾倒出去。他想起了上次和李锐的聊天，于是接着侃侃而谈，"有时候望着窗外的风景，一片苍凉空旷，经常内心升起一股悲凉伤感之情。我确实需要调节情绪，控制自己的行为，不然会给大家造成不便。我刚才就是在通过……呃，冥想，来放松大脑呢。"

"是吗？那看来你的问题也没啥嘛。听李锐的描述，我还以为你需要药物治疗呢。说实话，你这头上缠着绷带在这打坐还怪好笑的。"医生咧开嘴笑了，"那你继续吧，注意休息，后续有问题，记得找我。"

"好好好，谢谢您！慢走！"林子柒使劲地点着头。

确认医生走远后，林子柒关上门，对着机房里呼喊男人，但没有得到回应。他四下查看一周，确认男人已经离开了，紧绷的神经才再次松懈下来。

这太疯狂了！林子柒心想。现在他的脑袋里一团糨糊，还有太多问题没有找到答案。

不如，找曼恩教授吧。林子柒权衡再三，坚定了自己的决心。

八

回到房间，林子柒坐在桌前，开始思考回顾这些天发生的一系列事件。

"快，林子柒，你可是世界上最优秀的科学家之一啊，动用你的大脑思考，这背后的真相到底是什么？"

如果那个男人前几个问题没有骗自己的话，至少目前还是得到了几条有用信息的。

这个基地里面就只有男人独自一"人"，虽然不知道他的目的是什么，但至少可以确定，他没有害人的想法，否则，在那种空旷无人的地方，他有很多机会可以对自己下手。

但令林子柒想不通的是，为什么男人会跟自己说有时在这里，其他时间都没有记忆？难道他在某个地方休眠？这不可能。林子柒否定了自己的想法。

或者，有没有另一种可能：他只在特定的条件下出现？

循着线索，拨开层层迷雾，事情的真相逐渐浮出水面。

太阳风暴的降临，加速器电磁场的泄漏，无一例外，它们都带来了强电磁辐射的干扰。这样看来，男人只有在强磁场的环境下才会出现。这样就首先排除了男人是全息投影，在这种情况下，根本就不可能生成影像。

其次，从男人的表现来看，他是有自主意识的，并不像是一个被控制的传话工具；不过，林子柒还没来得及问出男人的来历，就被打断了。他百思不得其解：男人到底是什么？外表是人类形象的外星生命？高维空间的人类？还有一点，他没有对过去的记忆。这是为什么呢？到底是因为他没有储存自己记忆的能力？还是因为他最近才出现，所以对过去没经历的事没印象？他是被人有意创造出的，还是自然条件下出现的？

既然之前修建基地时没有出现过，难道是我们的到来复苏了他？林子柒总觉得李锐的话不能完全相信，因此还是保留了自己的一份判断。

最后一件让林子柒一细想就觉得恐怖至极的事就是那个诡秘的梦。他的理智和科学素养实在无法让自己相信这件事的存在。林子柒对那个梦太熟悉了，身躯、脸型、向自己走来的步伐……梦里出现的神秘人一定就是自己今天所见的那个男人。

可是，为什么自己会提前梦到还没发生的事？

排除掉所有不可能，剩下的那个无论多么不可思议，都是真相。

林子柒不相信什么托梦一说。也许，那个梦确实只是个巧合，只不过，那个男人，林子柒曾经见到过。

在什么地方？什么时候呢？林子柒绞尽脑汁。大概自己多虑了吧，一个月球上的神秘人，自己怎么可能见过？说不定，他真有什么超能力。

那个男人还有很多隐瞒的话没有告诉自己，自己一定要找机会向他问清楚全部的事情。

他决定向曼恩教授寻求帮助，想解开问题，就必须了解相关的背景。林子柒尝试着接入通信系统，并没有受到磁场干扰，看来泄漏事故已经处理好了。果然如此，男人的出现与强磁场有关。林子柒更加坚定了自己的推断。

很快，林子柒的呼叫请求得到了曼恩教授的回应。两人简单地寒暄了几句，林子柒直入主题。

"教授，您相信有除人类之外的高级智慧生命存在吗？"

"这个，我说相不相信不算数，要有实质性的证据证明才行；不过，可能性是很大的。受技术限制，人类现在在宇宙里能自由探索的空间实在太小了。目前，没有发现，不代表未来不会有。"

"那……您对高维空间有没有什么了解呢？如果有高维的生物，会对低维的生物造成影响吗？"

"如果存在科技发达到一定程度的文明，确实可以从更高的维度影响低维，但这种操作的影响一般是比较大的。就好比在一张纸上存在着一种生物，我们三维空间的人类去接触一个二维的平面上的生物，人类可以用手指穿透那张纸，可以肯定的是，在某一瞬间，手指进入了二维的空间，但很显然，那张纸也破了。怎么了？孩子，你遇到什么事了吗？"林子柒的问题很显然引起了曼恩教授的注意。

"没有，最近我经常做一些奇怪的梦，所以会思考这些问题。"林子柒编了个谎话搪塞过去。

"别有太大压力，孩子，还是那句话，你要生活得幸福健康，这是最重要的。"

"我知道了，教授，谢谢您！对了，您知道在什么条件下可以在小空间里人为地创造强磁场吗？我们的研究有这方面的需要。"林子柒问道。

"那就要看你对强的定义了；不过，应该不可能造出超过加速器那种需要十几特斯拉强度的电磁场吧？真空加速室经过设置应该可以达到你的要求。你们的研究受到什么限制了吗？"

"没有，这是……一个研究项目的分支。"林子柒支支吾吾。

教授并没有对林子柒的异常表现做出什么反应，看起来还是一如既往的冷静。

"戒骄戒躁，再接再厉……"教授的话还没说完，就被一阵剧烈的咳嗽打断了。

"您没事吧，教授？"林子柒感觉到教授的身体似乎非常虚弱，"身体有什么不舒服吗？"

"老毛病了，别担心我。"

"您好好休息吧，我不打扰您了。"

林子柒结束了通话，他开始在心中紧锣密鼓地筹划着下一次见面。

不知道什么时候才会再次出现太阳风暴，如果老天不给力，那就只能靠自己了。

哪里可以创造出独处的空间呢？有着强电磁场，还不会引起别人的注意。

他想起来有一个地方，那里有一台没有人的加速器——正在修建的三号加速器！

晚饭过后，林子柒在休息室找到了李锐，向他询问三号加速器最近的修建工作进度。

"进度还挺快的，应该能在半年以内完工。这都要归功于我们强大的建设能力和设计水准啊。"李锐颇有些自豪，他是二号和三号加速器的主要设计师。

"那台加速器和另外两台没啥区别，不过，你们应该是等不到它完工就要返回地球了。"

"还缺哪些部件？"

"基础的都配置好了，像什么超导性强磁体已经完成安装，现在也就扩充下加速器长度。"

"工作人员的休息日程安排跟我们是一样的吗？"

"对啊，怎么了？"

"没事，想趁着没人……呃，开放的时候进去参观下，下次再上月球不知道是什么时候。"

林子柒拿到了他想要的答案。在此之前，他曾向天文台咨询过近期内太阳的情况，得知了消息：太阳黑子的活动情况并不明显，这一个月都没有爆发迹象。他只能自己动手去创造条件了。

九

夜晚悄然无声，透着死一般的寂静。深邃的天空像是浸在一团浓缩的墨汁里，看不到一点儿光亮，连繁星都黯然失色。唯一可以被人察觉到的就是月球车的探照灯带来的一丝明亮，若隐若现。

那是林子柒所驾驶的月球车，三号加速器离基地比较远，这让他不得不放弃步行的想法；不过，这也方便了林子柒，在被人察觉到并赶来之前，他有更多的时间弄明白事情。在过去的三个星期里，他向专业人员请教了月球车驾驶技术，现在，他已经可以独立完成操作了。

三号加速器此时空无一人，隐藏在黑暗中，林子柒费了不少力气才找到。他将车停在入口，穿上宇航服。

林子柒推开沉重的防护门，加速室里一片黑暗，伸手不见五指。他摸到总开关，启动了电源，瞬间明亮的光芒遍布每一个角落。加速器的宏大与里面的空荡形成了鲜明的对比，给林子柒一种说不出的压迫感，他甚至要将脖子仰起 90° 才能看到加速器的穹顶。

他紧张地调试着仪器。人体承受不了那么大的磁场，一旦出现差错，自己很可能交代在这儿。就算成功，加速器的启动会消耗巨大的能量，必然会引起别人的注意，自己的时间所剩无几。林子柒也知道，擅自启动加速器这一举动会给他带来巨大的麻烦；但不管后续的惩罚是什么——人身自由受控制、警告处分或是剥夺研究权利，林子柒已经决定要让一切真相水落石出。

启动开关后，林子柒仿佛感觉到了一股无形的力量穿过身体，但好像又什么都没有。他知道这是正常的现象，其实自己身处的磁场已经非常强了，人类在这种环境里是不能久待的，否则，血液中的金属元素可能被磁化。

时不待人，机不可失。你在哪里？

林子柒也考虑过万一那个神秘人只在基地那一块活动，或者这一小块的磁场无法"唤醒"那个神秘人，但现在他只能赌一把了。

赌神秘人其实一直有着清醒的意识，存在于某个"空间"里，只不过仅在强磁场的情况下，神秘人的活动才能对现实造成影响。

是曼恩教授的话启发了林子柒，让他意识到这种情况，经过推算，这是最可能的一种，也是林子柒下定决心实施这个计划的原因。

快来吧，你在这儿的，我知道。林子柒在心里暗自祈祷。此时，距离自己按下开关已经过去了 10 分钟，加速器启动需要的能量级是巨大的，基地那边肯定已经有所察觉。

仿佛是林子柒的祈祷得到了上天的回应，寂静之中，忽然传来了一声轻轻的提问，打破了持续已久的沉默："这是你做的吗？"

林子柒欣喜地回过头，看到了那个他等待已久的人。

"终于等到你了。事不宜迟，请你如实回答我的问题吧。"林子柒焦急地说道，"我是擅自行动的，工作人员随时会进来阻止我，求你了，我是赌上我的前途来找你的。"

"你为什么要接近我？我们并不属于同一个世界，我们永远都是触不可及的。"男人说道，显得有些伤感，"你明明不必这样的，你有大好的前景，何必要纠结于我的问题。"

林子柒对男人的回答感到一丝震惊，他从未设想过得到这样的回复，这个答案是如此地让人感到温柔，甚至有点儿心酸。

"我知道你的不同。"林子柒毫不犹豫地说道，"你有一项特点，那就是你拥有只有人类才有的情感——同情和善良。"

那天，林子柒在他的日记上看到的不光是那六个字，其实在底下还有一句话："很抱歉，吓到了你。"

经过多次的相见，这个男人却没有伤害林子柒，而是始终保持着距离。正是因为这些，才让林子柒坚定了会面的决心，他知道男人一定有非比寻常的地方。

"就凭这一点，我愿意相信你有一颗与我们正常人无异的心灵。"林子柒的心中忽然有了一个可怕的猜想，但他没有说出来。

万一，眼前这个男人曾经是个正常的人类呢？

"求你了，把你知道的都告诉我吧。"林子柒恳切地说。

"我只记得，有一道亮光，我看到了好多人，他们在奔跑。"男人缓缓地说道。

林子柒呆若木鸡，他没想到男人居然说了这么多自己不知情的事。

"你，你在说什么？这些是真的吗？"林子柒有些难以置信，事情竟然越来越扑朔迷离了。他还是决定暂且搁置这个问题，问完剩下的先，"你想要做什么？你一定是有目的的吧？"

"我……我在……"

"别怕，告诉我吧，你可以相信我的。"

"我在找人。"

"谁？"

"……"

"我会帮助你的，哪怕……"

"我的孩子。"

这四个字声音不大，却如晴天霹雳在林子柒的头顶炸裂。他没料到自己的想法这么快得到了验证，如无意外，他已经可以确定眼前的男人一定是经历了什么变故才变成了如今的样子。

"他，他叫什么？"

"弈澄。"

林子柒在心中默默记下了这个名字。

"为什么是我？"林子柒问出了心中的最后一个问题。

"我只是觉得，你有几分神色像他。我不想做什么，只想远远地看着你。"

"林子柒，你在里面干什么？"门口传来急促的敲门声。是李锐，他带着许多工作人员，"你擅自离开基地，还启动机器，想要干什么？你知不知道这样会受到处分？"

"看来我的时间到了。"林子柒对着男人笑笑，"不知道我们还有没有再见面的机会。"

"你是个好人，阿柒，希望我们还能重逢。"

林子柒内心一颤，从来没有人这么叫过自己，他感到有种说不出口的心暖。

"你是怎么……"

"我在日记本上看到了你的名字。"

"谢谢你！"

"开门！林子柒！"

林子柒没有再多说什么，一切已在不言中。他目送着男人消失，然后没有犹豫地打开了大门的锁，结束了这可能是最后一次的见面。李锐带着人走了进来，看了眼四周的情况，接着就是劈头盖脸的一顿训斥："你在干什么啊？你知不知道没修建完成的加速器是不能随便启动的，出了事故怎么办？谁来担责？"李锐瞅了瞅林子柒身上，接着说道，"还好，你没事，要不然，我怎么跟曼恩教授交代啊？"

"你认识曼恩教授？"林子柒有些惊讶。

"我……我当然认识。曼恩教授是那么有名的科学家，我怎么会不知道。"林子柒敏锐地捕捉到李锐的眼中闪过一丝不易察觉的慌乱。

"你知道我说的不是那种'认识'，李锐，你还有多少事情瞒着我？"

"先别说这些了，回基地，我们的氧气撑不了多久。你擅自行动的处罚很快就会发出来了。"李锐挥挥手，不容分说地终止了这场谈话。

林子柒被带回了基地。由于加速器的设施没有被破坏，林子柒的系列行为也没有造成什么影响，最后他仅仅是被口头批评了一番；不过，由于他再三的"奇怪行为"，队友们对他都有点儿冷淡，甚至连杰克都对他有些意见。林子柒只能在心里祈祷乘坐火箭回地球时不要那么尴尬。

在"方舟号"基地的最后两周，林子柒向许多人打听了这里是否有一个叫作弈澄的小孩，不出意料地，他被当成了傻子。"月球基地上怎么可能有小孩呢？亏你还是个科学家。"李锐颇有些生气，他对林子柒的态度已经从一开始的客气、恭敬转为不耐烦。当然，林子柒并不在乎别人怎么看自己，毕竟，他确实给众人带来了许多不便，这点无可否认。

"那看来只能回地球找了，这么大的世界，怎么找一个陌生人啊？"林子柒仰天长叹，他估计自己是完不成对男人的承诺了。很可惜，最后一次见面，他仍然不知道有关男人过去的事；但林子柒相信，男人已经告诉了自己所有他知道的事。

奔跑的人群，一道亮光。爆炸？是地球上的末日危机吗？可是男人为什么会出现在月球上，这个毫不相关的地方？

好痛苦，离真相已经不远了，却永远没有解开它的能力，触不可及的感觉。

月球科研之旅很快便迎来了尾声，林子柒收拾好东西，与另外三名队友坐上了返回舱。这几个月的研究取得了一些成果，但并没有大的突破。林子柒并不气馁，他知道后续还会有更多的科学家奔向月球投入研究，薪火相传，前赴后继。

李锐来为他们送行。林子柒诚挚地向他道了歉，并且感谢他这些天来对自己的付出。两人最后放下过去的不愉快，以一个拥抱告别。

林子柒换上宇航服，坐在返回舱内。他望着窗外的风景，仿佛回到了从地球出发之前，这一切自己明明早已熟悉，如今却又透着不可言喻的陌生。

再见了！林子柒默念道。他忽然有些想哭，此去一别，不知能否再来。

十

"探险者号"火箭在 B 国一处草原上降落了。一个小时后，林子柒等人很顺利地被搜索队找到。四位科学家受到了众人的热烈欢迎，并由专机接送到 B 国首都召开新闻发布会。事后，除了林子柒留在 B 国外，另外三名宇航员将被各国使团接回各自的国家。

闪光灯对着林子柒的脸不断闪烁着，林子柒一言不发，只是保持着标准的微笑，聆听着另外三名队友滔滔不绝的发言。他觉得这次科研是失败的。

在机场，林子柒拥抱了自己的好兄弟杰克，两人冰释前嫌。

"回到 A 国也要记得联系我。"林子柒笑了笑。

"当然，我最近就会来找你玩，我还没来过 B 国游玩呢。"杰克说，"在基地里感觉不到失重，回到地球都不需要适应，真方便。"

"确实。"

"对了，既然留在 B 国，你要住哪里呢？"

杰克的话提醒了林子柒，他确实没想过这个问题。

"国家肯定会安排好的，别担心我，那必须都是最高规格的酒店。"林子柒拍拍杰克的肩膀，示意他放心，"实在不行，我去找曼恩教授，看望下他老人家也行。"

"听你这么说，我就不担心了。那，我走了。"杰克向林子柒告别。

"嗯，保重！一路顺风！"

送别了杰克，林子柒找到负责自己住行的工作人员。

"您确定不需要我们安排吗，林先生？"

"我确定，我想回我的老家看看。"

一望无垠的戈壁滩分布在两侧，中间被一条笔直的柏油马路贯穿。路旁是三三两两的仙人掌，无精打采地耷拉着头。林子柒抬头远望，湛蓝的天空万里无云，一片祥和宁静，只有阳光颇有些刺眼。他感到心旷神怡。

一想起马上就要回到久违的故居，林子柒按捺不住内心的兴奋。对他来说，这里才是真正的家，他在这里度过了 17 个春秋。

林子柒走下车，举手遮挡耀眼的阳光。他望了望四周，家乡早就变了样子。他找到了自己的家——那间颇有些破旧的老屋，看上去与四周的绿荫花簇格格不入。春去秋来，老屋在风雨中飘摇，像一张寂寞的嘴巴，无声地张着。现在它等到了真正的主人回家。

推开大门，大片的尘土掉落下来，扬起一阵不小的灰，墙上的蜘蛛网诉说着这里的孤独与寂寞。自从奶奶去世后，这间屋子有一年没人踏足过了。

林子柒简单地打扫了周围，就来到了后山，奶奶去世后就葬在这里。如今，墓碑周围的植物生长得十分茂盛，却又透着一股说不出的冷清和寂寞。

他虔诚地跪在地上。奶奶大字不识一个，却一个人撑起这个家，养大了父亲，又陪伴着林子柒成长。经历过战争、天灾，最后还是倒在了病魔手中。林子柒抹了把眼泪。

"您最希望看到的，不就是我长大成人、出人头地吗？我做到了。"

午睡中的林子柒忽然被一通电话吵醒，他抬头看了眼时间，现在是下午 4 点钟。林子柒揉了揉眼睛，接起电话。

"你好，请问有什么事吗？"

"你是林子柒吗？他……他……"

"是我，什么事？慢慢说，别着急。"

"曼恩教授病倒了，他快不行了。"

听闻这个噩耗，林子柒如五雷轰顶。

"教授之前查出来是肺癌晚期，今天突然晕倒了。医院已经下病危通知书了。教授说，想见你最后一面。"

"为什么会这样？"林子柒难以置信。

"教授积劳成疾，近半年前就查出来了肺癌，他为了不影响你在月球的研究，没有向你说起这件事。"

林子柒此刻热泪盈眶，他后悔没有提早注意到教授的"老毛病"。

林子柒开始收拾家中的物品，一来强迫自己冷静下来，二是做好离开的准备。屋里大多是奶奶留下来的东西。老人家经历过贫穷艰难的日子，什么物品都不舍得丢，房间里积累了不少旧东西，报纸、衣服、器具……忽然间，林子柒发现了一个大箱子。他打开一看，里面主要是自己儿时的一些纪念物。照片、玩具，还有林子柒的中学毕业证。老人家都当宝贝一样珍藏着，放在里面。林子柒一层层往下翻着，他还看到了自己写过的作文、考满分的试卷……直到翻出一本小本子。

本子有些破旧、泛黄了，与其他的珍藏物比起来显得十分寒酸。林子柒打开了它。

那是一本出生证明。

可以肯定的是，这份证明是属于林子柒的，日期、血型、父母的名字都对得上。在他出生的那会儿，社会比较动荡混乱，老人家不识字，显然以为这是什么重要文件，就收起来了。

但是上面的名字不是林子柒，他清楚地看到了那三个字——林奕澄。

自己就是奕澄！

那男人呢？他是……

林子柒有一种天旋地转的感觉，仿佛身边的一切恍惚中都化为散沙，像无数在加速器里跳跃的粒子，狂野地舞动着。他说不出那是什么滋味，是不可思议、难以置信，还是欲哭无泪、欲言无话。

忽然，他想起了那颗坠落在 A 国国家公园的陨石。

那是天崩地裂的感觉。

"我是谁？我在哪儿？这一切到底是怎么回事？这个世界怎么了？"

"谁能告诉自己真相？谁能拯救自己？"

"也许有一个人知道吧。"林子柒竭力遏制住自己濒临崩溃的情绪。明天，所有答案都会揭晓的。

十一

林子柒坐在前往首都的飞机上，广播的声音将他从万千思绪中拉回现实，他很想告诉自己，这一切只是个梦。

昨晚，林子柒疯狂地翻找着，他看到了父亲学生时代的照片，神情和姿态与基地里的神秘男人如出一辙。他终于想通，为什么那个男人令自己感到熟悉，为什么自己的梦里会出现那个神秘人。

可惜这一切都知道得太晚了。

他想起了和父亲的最后一句告别，和父亲指尖的触碰，他明白了什么叫作天人永隔。那种近在咫尺却永远无法触及的滋味，让他的心仿佛化为了数不清的碎片。

林子柒只能寄希望于曼恩教授了，但这不是他想看到的结果，他不愿相信曼恩教授向自己隐瞒了往事。林子柒甚至怀疑自己的问题会不会对本就虚弱不已的教授造成打击，加重病情。

他想起了教授和蔼的笑容、温柔的劝导，无微不至地照顾自己长大，兢兢业业地为学生付出。直到昨天意识到教授是唯一知道当年真相的人之前，林子柒都认为教授是这个世界上最伟大无私的人。

人类本就是一种矛盾的生物。他想。

重症室的病房在医院深处。林子柒穿过长长的走廊，恍惚中，他竟然有了一种回到基地的感觉。猩红的灯光不停闪烁，走廊的大门敞开着，像地狱的入口。

他看到了教授，在病床上。教授的手上插着输液管，鼻子佩戴着呼吸器。他是 B 国科学研究院资历最老、最博学多才、最受人尊敬的教授，一生都在毫无保留地帮助别人，此时的他像快要燃尽的枯灯，奄奄一息地躺在病床上。应该说，他这一辈子，其实很累。

林子柒翕动着嘴唇，他始终开不了口。教授睁开眼睛，看了看林子柒，满足地笑了："你来了，我还怕走之前，没法见你最后一面呢。"他每说出口一个字都仿佛要竭尽全力。

"我来了，教授，我在，一直都在的。"林子柒低着头，声音止不住地颤抖着。

曼恩教授像是察觉到了林子柒的异样，轻声安慰道："别伤心，孩子，生老病死，都是人之常情。坦然面对吧，唯一遗憾的，是我以后不能再陪你了，人生的路，你得自己走了。"

"教授，当年的真相是什么？该让这一切水落石出了。"林子柒终于还是说出了口。

"你在说什么，孩子？"

"您知道的，教授，25年前所有的事情，一切的一切，您都知道。您要把这件事情带进坟墓吗？"

"你知道了？"教授沉默了一会儿，忽然释怀地笑了，"他都告诉你了吧？"

"他，他是谁？"

"你的父亲。"

林子柒愣了好长一段时间才反应过来："原来，您知道月球上的那个神秘人？"

教授点点头："其实，早在月球基地建设时，就有工作人员曾经目击到了灵异事件。基地的负责人李锐将这件事告诉了我，听完对神秘人外貌特征的描述，我便猜到了他的身份。事实上，连我自己都对这件事感到震惊。是我让他对你隐瞒这件事情的。看来，纸终究是包不住火的。"

"为什么李锐会将这种事情告诉您？他不是负责人吗？"

"说来话长，我也曾是月球科研基地的一员，有很多经验，所以在重启这个项目的时候，GSO便第一时间找到我，请求我做计划的监制人和顾问。"

林子柒一头雾水。教授没有再多解释，揭开了这段尘封的往事。

原来，当年其实并没有什么灾难。那颗陨石确实存在，由于它实在是太大了，以至于早在其还有 20 多天才"到达"地球时，卫星就发现了它。这也直接导致了系统的误判，认为这颗陨石会撞向地球。事实上，由于引力的影响，这颗陨石最终会卡着洛希极限越过地球，要说唯一的灾难，可能也就是引起海啸袭击沿海城市；然而，人类慌了手脚，才带来了内乱、谣言、战争。这一切与其说是天灾，不如说是彻底的人祸。

那场联合国大会并没有挽回什么，恰恰相反，它反而相当于是正式宣判了人类的死刑。经过科学家的计算，9 万颗核弹并不能保证使月球产生足够的加速度，让它改变一定的轨道去抵挡撞击；而且，另一个原因也迫使人类放弃了这个计划，因为全球可用的核武器数量其实根本就没有这么多。为了统一引爆，所有核弹的加密数据都必须解开并统一串联，它们的时间跨度达到了近百年，加密语言超过了 20 种，应用的密码系统的数量也在两位数。想要全部完成解密，可能会花费数年时间。人类的毁灭性武器从来都不是为了这样的灾难而准备的，况且有一些国家不愿交出手中全部的核武器，他们会以不知道其他国家是否全部交出核弹为由拒绝，声称保留一部分核武器是为了维护国家安全。在全人类的生死存亡和自己的利益面前，他们会毫不犹豫地选择前者，但他们也不会放弃后者。让全人类做到毫无保留的大团结，这比任何科幻小说、电影都更加的科幻。

事实上，早在人们发现"审判之剑"的数十年前，各国政府就在月球表面成立了科研基地，秘密地进行研究，只不过没有向人们公布。教授曾经也是他们的一员。那时在经过大量的研究，以及数十年的积累之后，规模和技术都远超现在。人们不仅建设了近 50 台高能粒子加速器，还完成了让无工质聚变辐射引擎脱离理论状态的初步试验验证。也就是说，当年，人类其实已经具备了一定的星际航行能力。

那个计划其实就是个幌子，联合国需要用它来掩盖真相。因为逃亡计划在地球上是不可能被接受的，失去理智的人们会不顾一切地阻拦飞船的离去。他们无法抛开这样一种观念：个体的死亡与种族的延续一样重要。而在联合国大会到场的所有科学家和国家代表中，没有人对这件事表示异议，他们从长远的角度考虑了这件事。大会选出了近200人，他们承载着人类的希望，前往月球基地乘坐飞船离开，延续文明的火种。

没想到的是，在起飞前，一台飞船的引擎发生了故障，处于过载运行状态无法停下。很显然，这台第一次投入使用的引擎还有缺陷，只不过人类等不及完善功能便匆匆将其投入使用。很快，聚变发动机发生了爆炸，还引起了其他飞船引擎和加速器的连锁反应，冲天的火光吞噬了基地，让数十年的心血毁于一旦，还带走了人类最后的"希望"。爆炸的威力是惊人的，能量的聚变让月球的这一面在那一瞬间看上去就像太阳一样明亮。

"审判之剑"很快掠过了地球，正如它轻轻地来过，又"悄无声息"地离去。至于掉落到地球的那些碎片，其实是月球表面的岩石在爆炸后坠落到地表的残骸。

"是我推荐了你的父亲，他是我最骄傲的学生之一。我当时已经60岁了，身体不能再上太空。我没有告诉他真相，我想让他活下去。他以为自己是为了拯救人类而去的，毫不犹豫地答应了下来。我至今还记得你的父亲，他眼含热泪、大义凛然地向我告别，没想到这一去便真的是永别。是我对不起他。"

教授的声音小到几乎听不到，甚至每一个吐字发音都仿佛要拼尽全力，万分艰难；然而，对于林子柒来说，这无异于晴天霹雳、五雷轰顶。他曾想过真相可能令人难以接受，但没想到会这么残酷。

"所以，您抚养我长大，教导我，就是为了弥补自己内心的愧疚吗？"

"不，孩子，是你父亲走之前将你托付给我的。我对你的爱是真心的。这么多年来，我都将你视若己出。"教授轻轻地说道。

"我的名字……"

"林子柒这个名字是我为你改的，因为你父亲牺牲的那一天是7号。"

"您为什么不愿告诉我真相？"林子柒的声音颤抖着。

"我希望，你能活得健康、快乐、幸福，能一直无拘无束的，不要有牵挂的过去，可以全身心地投入为理想奋斗的事业中。"

"他们……"林子柒说到这，已经泪流不止，"他们都是有着伟大理想和坚定信念的战士啊，怀着一腔热血，却为了少数高高在上的人的利益，不明所以地白白牺牲。为什么不向世人公布真相？"

"孩子，如果我告诉人们，其实他们都被骗了，他们一直深信不疑的联合国，在危机来临之时毫不犹豫地丢下他们离开，人们会做什么？这个政府一定会被无情地推翻，已经维持了20多年的和平将再次破灭，战火会燃遍每一寸土地，有更多无辜的人流血牺牲……"教授说着，突然开始剧烈地咳嗽，过了好一会才缓过来，"人类走向统一是历史发展的必然，否则，这个种族只会在国家之间的相互猜忌和消耗中慢慢走向灭亡。末日危机的到来恰好加快了这一进程，如今，统一已经初露端倪，联合国就是最好的例子。

"如果做选择的是你，你会做出和我一样的选择，这不是自私者逃避的借口。因为这道题目……无解。

"你的父亲，他是伟大的，他一直深深爱着你。当他到达了基地，却发现这是个连上帝都会为之震撼的谎言之后，他毫不犹豫地选择回到地球陪家人一起赴死。在其他人的飞船临行前，他和我通过话，问我为什么要欺骗他，我无言以对。我记得，在通话里突然传来急促的警报声，还有人群的嘈杂声。你的父亲匆匆告诉我，一号飞船的引擎出问题了，他要去关停它，否则会爆炸的，随后便离开了。这是他和我说的最后一句话。

"我可以想象到发生了什么。你的父亲独自一人，艰难地逆着人流，跑向失控的飞船，他要去手动关停一号飞船的引擎。可惜在他赶到那儿的时候，已经来不及了，飞船发生了爆炸。所有在基地里的人员都被烈焰的高温吞噬了，无一幸免。而你父亲的位置，没有基地厚厚的隔离墙，除去身上的那层宇航服，相当于完全暴露在引擎面前。瞬间，由原子核聚变产生的高能粒子洪流和伽马射线可能比爆炸产生的烈焰提前了万分之一秒到达了他，并穿过了他的身体，甚至'杀死'了每一个细胞里的原子，那种强度级别的能量是无法想象的。当连原子核都被摧毁之后，它们以一团量子状态的概率云存在着。

"他已经不在了，但他还以另一种方式活着。

"他可能只会保留生前的一小部分最重要的记忆，他不会记得自己是谁，从哪里来。因为他最执着、清澈的爱，都留给了你。

"我无法对自己曾犯下的错做出更多的解释。很抱歉，我骗了你。我无时无刻不在忏悔着，而现在的死亡恰好可以让我得到解脱。孩子，有时候，带着愧疚和痛苦活下去，比悲壮的死去更需要勇气。"

林子柒木然地站着，如同一具死尸。教授的话就像刽子手挥向受刑者的屠刀，他还活着，但他在精神上已经身首异处。

"我会还当年死在月球的人们一个清白的，世人也有权知道当年的真相。"

教授忽然大笑了起来，甚至笑得有些狰狞。这吓到了林子柒，他从没见教授这么激动过。

"这是我一生都在思考的问题，还他们一个清白？怎么还？让他们从万人敬仰的英雄变为人人唾弃的逃跑的败类吗？你会亲手点燃一次世界大战，在这个全世界最大的谎言面前。不错，这个行为是正义的、符合伦理道德的、不违反人类基本价值观的；然而，它全无用处。"

林子柒沉默不语，他意识到自己无能为力。

"相信我，让这曾经的一切归于尘埃吧。很抱歉，孩子，我只能说这个了。我做不到，这一切从始至终，我都只是个软弱的旁观者。现在……我得到了……救赎。"教授喘着气，缓缓吐出最后半句话。

林子柒听到一旁的机器传来的长长的"嘀"的一声，医生从病房外冲进来，他知道自己该走了。正如教授所说的，此后的路他只能自己走了，因为身旁再也没有亲人的陪伴。他是孤独的，就像这个世界一样，朦胧在一层缥缈的迷雾中。

林子柒转头离开了，空旷的走廊上回荡着他寂寞的脚步声，长长的通道不知去往何处，是出口还是另一个牢笼。

尾 声

在林子柒宣布退出 GSO 和科研基地后，那个神秘人就消失了，再也没有被人发现过。没有人知道为什么，可能一切都是冥冥之中自有天意。

有一件事始终令各界人士都感到好奇，作为一名享誉国际的物理学家，林子柒从未出版过任何作品，这是极为罕见的。

其实，林子柒还是给世人留下了一句话的："我穷尽一生去追寻真理，殊不知光明本身就是黑暗。"

这是他第二次去 A 国国家公园时想到的。当时，他正坐在一块岩石上，眺望着远方的落日。他神圣肃穆地凝视着那一抹霞光，一言不发，只是伸出双手，似乎想要触碰夕阳，挽留它的离去，直到最后一缕温柔的光芒消失在了地平线上。

科技殖民

黄紫媛

第一章　设局

昏黄的朝阳在浓雾中升起，日光曚昽燥热。4250 年的 B 国 Y 市，庞大而浑浊，这里有着无数高楼大厦和高架桥，穿梭着密密麻麻的车辆和飞行器，巨量的能源消耗伴随着过度污染，已让这座城市成为全球闻名的雾都。

A 国航天专家采星辰劲步走下 A 国商飞 C979 型高超声速飞机，率领团队步入 Y 市机场的贵宾通道。这位曾代表人类首次登上木卫二的英雄女航天员，步履矫健，神采奕奕。她一身深蓝色的正装配上白色衬衣，干练的黑色短发随着气浪轻轻摇摆，炯炯的双目中闪耀着探索宇宙的希冀，宛如她的名字——采摘天河里最璀璨的星辰。

采星辰此次到访 Y 市，将代表 A 国航天局参加一个极其重要的会议。Y 市浑浊的空气让她咽喉有些不适，她清了清嗓子，环顾四周。Y 市机场中央矗立着一座闪烁着蓝色荧光的黑塔。采星辰凝望着黑塔上一道道迷幻的蓝光，思绪一下就倒回到 15 年前——4235 年，那个人类发展史上划时代的一年。

那年，人类首次接收并破译了来自开普勒 –22b 星球的有序信号。这个距离地球 600 光年的星球上，竟然存在高等智慧生物，并且持续地朝地球定向发送引力波振荡信息。

人类科学家在这些信息中解析出了一系列全新的科学理论，其中就有虫洞的理论公式，还附带有详尽的参数。这些信息帮助人类科学家很快突破了虫洞技术：当两个星球之间按照相同的参数，同时用高能振荡扭曲空间，就能激活一对互通的虫洞，从而能让遥隔数百光年的星球传递信息和物质。

在一个值得载入地球史册的日子，地球依照开普勒 –22b 的约定时间激活虫洞，成功对接上了对方的同属性虫洞。首个虫洞通信连接成功，人类有史以来第一次与外星人打通了"星际电话"！

从那一年起，人类亲切地将开普勒 –22b 星球重命名为"友谊星"，并在联合国组织成立了友谊星联合发展理事会（Joint Development Council of Friendship–planet，JDCF）。两个星球很快就共同开发出了语言翻译体系，还建立了常设交流机制。地球人从此开始了与友谊星人的密切交往。

友谊星人不仅科技发展比地球人更先进，而且似乎非常友善。遥隔数百光年的他们虽然无法到达地球，却慷慨地帮助着地球人。他们利用虫洞通信，为地球传授科学理论和技术指导，尤其在虫洞和反物质方面，帮助地球人快速掌握了很多全新的科学技术。

Y 市机场的黑塔正是由人类在友谊星人的指导下建造的虫洞激发系统。黑塔由 JDCF 众多成员国共同筹建，塔高 60 米，外表通体包裹着防辐射材料，塔身密布的一条条能量导流槽中，流转着蓝色的荧光；内部则运转着虫洞激活系统，可以让地球人与友谊星人之间实现实时通信。去年，黑塔系统更是突破性升级，激活出高能级的虫洞通道，与友谊星成功对接，友谊星把 0.5 克土壤传给了地球，人类首次与外星人实现了"星际快递"！

当年的采星辰还是一位青涩的预备宇航员，曾跟随前辈数次到 Y 市参与黑塔的建设工程，亲眼见证了人类与外星人接触的历史进程。

15 年的斗转星移，如今刚满 35 岁的采星辰已经成长为 A 国航天局副局长，并担任此次 A 国代表团的团长，率团参加 JDCF 与友谊星人的连线会议。本次会议将要决定一项地球人与友谊星人的星际合作协议，由友谊星的星际合作委员长亲自主持会议。事关重大，各国都派遣了重量级的团队到 Y 市参会。

次日清晨，采星辰提前半小时到达 Y 市 JDCF 分会场。会场的整体风格奢华而铺张，不计成本的无数高亮灯光、大量的皮质沙发和墙面，大厅正上方的大吊灯点缀着数百颗大水晶，散发出财大气粗的耀眼光芒。会场工作人员正在紧张忙碌地准备会议，主席台前巨大的屏幕上显示着：友谊星信息虫洞连接准备就绪，等待激活。

"星辰，你好！"一句蹩脚的 A 国语问候从身后传来，采星辰回头一看，正是 B 国代表团的团长西蒙。这是一位集勤奋与天赋于一身的工作狂人，25 岁从世界排名第一的大学博士毕业，35 岁主持建成人类首个火星钍矿，现在 45 岁的他已经兼任 B 国政府顾问和航空航天局副局长，处在意气风发的年纪的他却不失老成持重。

采星辰友善地跟西蒙握手寒暄。她跟西蒙多年来一直保持各种业务往来，两位精英人物各自代表着 A 国和 B 国的航天领域，有时竞争，有时合作，正是亦敌亦友的一时瑜亮。

西蒙是个高效社交的现实主义者，三句不离本行，就开始向采星辰打探消息："今年 A 国的可控核聚变似乎又取得了突破，据可靠消息，你们试验场的环流六号能量增益 Q 值已经突破到 12 以上了，可喜可贺啊。只不过，你们还在坚持发展这个技术路线吗？现在的国际主流可都是选择反物质的发展路线。"

采星辰暗暗吃了一惊，这是上月刚在内部发布的消息，连 A 国方面知晓的人也是为数不多，西蒙却已经知晓了详细情况。采星辰双手抱臂交叉，说道："反物质是友谊星人提供的技术路线，我们也在学习和研究；但是，A 国在可控核聚变方面积累了丰富的成果，这条技术路线前途光明，我们肯定也会继续坚持。"

西蒙斜着眼说道："前途光明？未来全球都是反物质的能源系统，A 国一家发展可控核聚变，跟大家都不能兼容，能有什么前途？"

采星辰的下巴微微抬起，笑着说："两条腿走路，更保险不是吗？况且，我好像听人说，B 国这几年一直秘密在搞什么奥海默加速器项目，好像也是其他技术路线吧？"

西蒙脸色微微一红又立刻恢复，干笑几声，道："鸡蛋不能放在一个篮子里，有备无患嘛。嘿嘿！"

采星辰由守转攻，追着继续提问："看来 B 国也不完全信任友谊星嘛，竟然在偷偷另起炉灶，难道是怕友谊星给地球人设局吗？"

西蒙扶了扶眼镜，然后略带严肃地说道："B 国对友谊星的立场非常坚定，我这里再重申，B 国对友谊星一贯坚持 3 个 100% 原则——100%的信任、100% 的开放、100% 的合作。这是 B 国的官方表态，你应该也很清楚。"

采星辰打个哈哈，狡黠地说道："好啦，好啦，别这么严肃，你们声东击西的手法一向极其高明，我就是想向西蒙老师学习、学习啦。"

西蒙一时语塞，呵呵几声敷衍过去。

两位精英棋逢对手，高手过招，点到为止。双方再次握手，一起并肩走进会场，落座。

各国代表团陆陆续续到达会场。地球与友谊星的所有技术合作项目，都是由 JDCF 所有成员国共同出资和决策。为了防止个别国家单线串通友谊星，JDCF 规定每次星际通话必须由 JDCF 80% 以上的成员国代表一起激活，且不允许任何成员国私自与友谊星连线。

各国代表们各自把密钥卡插入座位上的插孔，屏幕后方的一台黑色设备立刻开始运行，一排排指示灯逐个亮起，信号传送到会场不远处的Y市机场黑塔上，黑塔开始运行，塔顶喷射出耀眼的蓝光直刺云霄。

伴随着阵阵空间扭曲的闷响，地球与友谊星在约定的时间点同时激活了虫洞，遥隔数个星系的虫洞连接成功。维持虫洞的每一秒都要消耗巨大的能量，以至于每次会议最长只能保持1小时，交流时间极其宝贵。几秒过后，一条灰色的粗壮线缆把视频信号投射到会场的大屏幕上，随着源源不断的能量传输到位，屏幕画面逐渐稳定而清晰。星际连线会议正式开始。

大屏幕上，友谊星人的星际合作委员长上线了。这位委员长常年跟地球人打交道，给自己取的地球名字是赵华·Aaron。今天，他身穿紫外线屏蔽材质的服装，粗壮的身躯形如地球远古时期的恐龙，深灰色皮肤上布满鳞片，蓝色的巨大瞳孔内反射着深邃的幽光，鼻腮两用的呼吸系统粗犷地呼吸着。友谊星人的面部表情似乎与地球人并不互通，但赵华·A那犀利的双眼，却流露出一股温和而慈善的神色，摄人心魄却又暖意融融。

第二章　入局

"合作才能共存，互利才能共赢。地球人，你们好！"赵华·A用多种语言大声喊出他每次发言都必然宣读的口号，语音低沉却厚重，立刻聚集了会场所有人的注意力。与地球人15年来的长期合作，这位友谊星人已熟练掌握了多国语言。Y市会场上，全员起立，热烈鼓掌，欢迎这位地球人的老朋友。

赵华·A在屏幕上展示出数十个星球，说道："所有星球的文明发展都面临两大终极考验：第一是能源枯竭，第二是环境污染。我们友谊星人至今已为 15 个星体文明提供强大而清洁的能源，帮助他们的文明延续和发展。我们的合作伙伴遍及银河系。"

他切换到地球的画面，继续说："目前，地球文明的总能耗是每年 300 太瓦，相比其他星球，这样的量级是很落后的；而且，地球主要采用石油、煤矿这些低等级能源，既带来了巨大的污染，也限制了地球文明的发展。"

接着，他展示出一套复杂的系统，说道："全宇宙最强劲、最清洁的能源是反物质，而地球最丰富的资源是海洋。我们能为地球提供一套反物质生成系统，用海水生产出反物质，为地球带来无穷无尽的新能源。"

他继续激昂地演说道："这套系统每年能生成 100 太瓦反物质，3 套就能满足目前全地球的能耗。如果部署 20 套，地球的能源将提升到一个中等文明的量级。"

听到这个夸张的数字，会场响起了一阵阵的惊叫声，整个会场又一次响起潮水般的掌声。

大屏幕画面切换，一个拳头大小的、正十二面体的物体展现出来。赵华·A 提高声调，大声说道："大家看到的是友谊星人的科技结晶——裂变晶核，安装在反物质生成系统上，就能驱动系统工作，让海水转换出反物质。今天，我代表友谊星，诚挚地向地球人类提出一项合作计划——海洋繁荣项目！"随后他便开始详细介绍项目的内容。

采星辰听得聚精会神。清洁能源是当前 A 国乃至全球都在苦苦索求的目标，友谊星人的话句句都说在她的心坎上。赵华·A 的激昂演讲、会场火热的氛围，让她感到心潮澎湃、热血汹涌。朦胧中，她似乎感觉到，友谊星人是真正的救世主，脚踏五彩祥云，来搭救大苦大难的地球人。她在便携电脑上飞速地记录，有序地整理出了海洋繁荣项目的要点：

①友谊星人将充分利用虫洞，帮助地球建设反物质能量体系，包括提供技术支持和关键部件。

②受限于地球能激活的虫洞极限，友谊星人无法为地球传送大型设备，但将尽力为地球提供详细的设计资料，指导地球人建造反物质生成系统。

③反物质生成系统想要正常工作，需要植入裂变晶核来驱动系统运行。

④裂变晶核的体积和重量足够小，友谊星可以通过虫洞，长期为地球供应裂变晶核。

⑤裂变晶核并非永动装置，每3年需要更换一次。

采星辰整理好笔记后，揉揉太阳穴，开始剥离大脑中的情绪部分，并冷静地从笔记中筛选出关键的信息脉络——这是她个人独特的思考习惯。

几秒钟后，这个习惯似乎起效了，尽管会场上热情高涨的气氛让人神魂颠倒，但采星辰的情绪思潮已经慢慢冷却下来，她开始冷静分析事情背后的逻辑关系，并从直觉上感觉到一些不协调。同时，她一边沉思，一边环顾四座，观察各国代表的反应。

只见各国代表都在交头接耳地讨论，大家个个眉开眼笑，陷入无限的美好遐想中——海水变反物质，这是多么梦幻般的场景。按照这套方案，地球人将能够在友谊星人的帮助下，实现传统能源向新能源的全面升级。

忽然，赵华·A话锋一转："相信大家看得出来，海洋繁荣项目规模巨大，友谊星研究生产裂变晶核也需要投入大量的人力、物力。因此，友谊星人也无法免费为地球服务，这点相信大家都能理解。我们希望地球人把每年生产出来的反物质按照10%的比例缴纳给我们，以此作为我们辛勤付出的回报。"

这句话就像一块冰块投入热腾腾的沸水中，会场上的高声喧哗立时变成了小声议论。

"10%？相当于10太瓦的能量，这等于C国一年的能耗！这个比例应该再谈一谈。"擅于商务谈判的 C 国代表坐不住，马上站起来发难。

"10% 已经是非常合理的比例了。"赵华·A 慈祥地回应道。

"地球人用免费的海水换来 90% 的反物质能源，还有 10% 的友谊星人的长期合作，这是绝对完美的双赢。"他指了指 C 国代表，继续说道，"如果在 C 国部署 2 ~ 3 套系统，我相信 C 国将步入史无前例的飞速发展。"

这话说完，C 国代表满意地鼓起掌来。会场气氛再次点燃，好几个国家的代表站起来欢呼雀跃，甚至有代表兴奋地喊着要立刻签订合同。

赵华·A 的煽动力相当厉害，会场逐渐陷入狂热，一小时的会议时间如白驹过隙般过去。

"合作才能共存，互利才能共赢。"赵华·A 再次喊出他的口号，开始发表结束词，"我相信地球人的智慧，也相信地球文明的发展会有更美好的未来。两周后的星际连线会议，期待你们的答复。"

虫洞通信的连线会议消耗能量巨大，时间极其宝贵，星际会议连接在一浪一浪的欢呼声中终止。

按照会议整体的行程安排，JDCF 将在接下来的两周内举行各成员国的讨论和投票，形成全地球共识的提案；随后，再举办第二次友谊星连线会议，正式向赵华·A 答复地球的合作意向。

散会后的会议大厅依旧人声鼎沸，各国代表仍然沉浸在赵华·A 激情演讲的余味之中，兴致勃勃地讨论着海洋繁荣项目。

采星辰侧目瞄了一眼 B 国代表团，老谋深算的西蒙始终一言不发，看似在无精打采地走神，其实是倾听着各方的言论，收集着信息片段中的蛛丝马迹，并时不时在便携电脑上记录着自己的思路。

采星辰走向西蒙，试探性地说："西蒙，你今天似乎一直都很沉默。友谊星的海洋繁荣项目非常有吸引力啊，B 国人民应该会很有兴趣吧！"

西蒙抬头看到采星辰走近，迅速合上便携电脑屏幕，遮挡住自己记录的内容，站起来，小声说："星辰，你是聪明人，我就坦白直说了。A

国人有句话:'危中有机,机中有危。'我认为这个项目是一个机遇与危机并存的大赌局。"

采星辰竖起大拇指点赞,也压低嗓门说:"不愧是 B 国政府的精英顾问,众人皆醉,你依旧保持清醒,就算外星人也很难给你洗脑啊。我的想法跟你一致,这个赌局深浅难测、福祸难料,入局需谨慎。"

两人各怀心事,相视一笑,握手告别。

第三章 布局

走出 Y 市 JDCF 会场,采星辰第一时间就飞回 A 国,在 C979 型高超声速飞机的轰鸣声中,不到 3 小时就到达了 A 国航空航天 301 号研究基地。在研究所地下一间高度保密戒严的会议室中,早已坐满了数十位重要人员,等待着她的到来。

飞机稳稳降落。透过舷窗,采星辰看到的是一望无际的黄绿交错大草原。当她走出机舱深吸一口气,充满草香味的清爽空气立刻充盈了她的心肺,让她感到一阵愉悦。勤劳智慧的 A 国人民用一代一代的努力,把大漠戈壁变成了绿油油的草原。数百年前被称为"死亡之海"的沙漠荒原,如今已经成为全球知名的绿洲。

几位工作人员和哨兵迎接上来,为采星辰一行人领路。采星辰进入会议室,马上眼神一转,快速扫了一遍与会人员,其中既有各个部门的高级干部,也有各个领域的资深专家,看来这次会议规格不低。

坐在主席位置的航天局张局长站起身,热情地对采星辰招手,说道:"星辰,你和同志们在 Y 市鏖战,辛苦了!来,坐我旁边,先喝口茶。"星辰心头一暖,赶忙入座。

张局长继续说道:"我们已经看过 JDCF 的会议直播,大致情况已经清楚了。星辰，你给大家说说你在现场的观察和见解。"

采星辰把自己整理的关键信息一一给大家做了讲解，然后说道："据我的会上观察和会后走访，目前大多数国家都倾向于同意开展这个项目；但是，我对这个项目存有疑虑。"

采星辰自己有一套"硬币思维法"，她会直觉性地从事物的正面来推导分析其对应的反面。她拿出激光投影笔，在屏幕上投影出了她的分析。

海洋繁荣项目利弊分析

	正面	反面	结果预测
1	反物质能量巨大	反物质的安全风险巨大	如果出现事故，其爆发威力可能造成毁灭性破坏
2	友谊星为地球提供裂变晶核	裂变晶核的供应，不被地球自主掌控	如果断供，地球的能源供给将面临中断的威胁
3	海水生成反物质	反物质可能来自海水的原子裂变聚变	如果转换过程存在核辐射或者生成放射性物质，可能对海洋生态带来不可逆的破坏
4	友谊星通过虫洞为地球输送信息和器件	友谊星可以从虫洞逆向获取地球人的信息或物质	如果友谊星人有想法，可能利用虫洞秘密获取地球的信息或物质
5	友谊星人要求抽成10%反物质	友谊星有定价权，地球没有议价权	如果提价，将强行对地球资源进行剥削，而地球似乎没有反对的资本
6	反物质作为全球主流能源路线	其他技术路线和产业将受到打压	如果反物质一条线独大，可能形成全球垄断性、排他性的技术生态

听着采星辰丝丝入扣的分析，会上响起一阵阵赞许声。张局长更是满意地直点头，由衷地为他的麾下爱将感到自豪。

前排一个瘦削精干的身影拍案而起，兴奋激动地站了起来。采星辰定睛看去，正是A国原子能专家初天鸿，A国环流六号的总设计师。

初天鸿一边竖起大拇指，一边说道："采团长这次率团出征，果然是良将配精兵。"

他眼神扫过全体与会人员，继续说道："多年以来，友谊星一直帮地球发展反物质技术，这个学派人数越来越多，甚至很多国家取消了自主研发新能源的项目，全部都投入到反物质领域。以前，我提出过要继续重视人类科技的自主研发，但遭受了国内外众多人士的批评，他们诋毁我是本位主义分子，说我只想保护自己的环流六号项目，更有人给我戴上了破坏星际团结的阴谋论帽子。今天，采团长的思路不仅让我深受启发，也更让我坚信自己的观点。"

坐在一角的反物质研究院主任高麦颂阴阳怪气地说道："反物质是绝对清洁的能源，又有友谊星人的支持帮助，对人类是大好事，我们顺势而为，才是最佳选择。"

初天鸿看都没看高麦颂一眼，继续说道："我不是反对反物质理论，更不是反对与友谊星合作。只是我认为地球人一定要有自主研发的家底，这是我们跟友谊星谈合作的底牌。强者与强者之间才能公平合作，强者与弱者之间只会有剥削和殖民。"

"殖民？你这个是不是有点儿太危言耸听了？"高麦颂有点儿气急败坏了。

"是的，殖民！"初天鸿铿锵地说道，"人类历史上出现过多种形态的殖民，而这次，我们将可能面临科技殖民！"

他的语气斩钉截铁，声音振聋发聩。会场上，有人愕然惊讶，有人深深点头，也有人陷入沉思。高麦颂悄悄埋下头，不再说话。

初天鸿继续说道："今天，采星辰同志能分析出这么多与友谊星合作的风险，我感到非常受益，也特别欣慰。这里，我借助星辰的思路，也给大家分享一下我的分析。"说完，他也拿出激光投影，在屏幕上投射出下面几段文字。

4235 年，地球解析友谊星定向发送的虫洞通信理论公式，成功搭建虫洞连接，并完成首次星际通话；

4237 年，友谊星人为 JDCF 传授反物质理论，并提供重要参数，人类反物质科学取得突破；

4240 年，AB 两国反物质实验验证成功，JDCF 发布反物质发展蓝图；

4246 年，地球首台反物质生成系统试验成功，用钠离子生成出极少量反物质；

4249 年，友谊星人指导地球升级新一代虫洞技术，支持小质量物质的传递，人类实现首次星际快递；

4250 年，友谊星人发起海洋繁荣项目。

初天鸿整体解读了一遍，然后总结道："把友谊星与地球合作的所有重要事件联系起来，很明显，这些动作都是环环相扣的，每一步都在为下一步铺垫，并且一步一步引导着地球入局。综合来看，我十分倾向于认为，这是友谊星人一系列的长期布局。"

采星辰细细地听完每一个字，凝重地点点头，说道："如果全球按照海洋繁荣项目的设想，大规模地部署反物质生成系统，大规模地使用友谊星的裂变晶核，大规模地替代人类自主的能源系统，就会更进一步加速友谊星人技术垄断的布局。"

初天鸿笑着说："我再讲一个阴暗小故事：某天，友谊星要求地球把反物质进贡的比例上升到 50%，甚至 80%，地球人说不，友谊星就把一个裂变晶核引爆，炸掉地球一个洲。然后，反对者沉默了，地球人听话了，甚至还有不少带路党出现了。最终，我们的海洋成为友谊星的一个忠诚的反物质加工厂，我们人类全部成为给友谊星生产反物质的奴隶，我们的地球成为友谊星的殖民地。"

小故事确实够阴暗，整个会场沉默了数秒钟。

"友谊星人有他们的布局，咱们 A 国也要有自己的布局。"主持大局的张局长发话了，"A 国的命运必须掌握在 A 国人自己手上。"

初天鸿补充道："不只 A 国，人类的命运必须掌握在人类自己手上。"

第四章　开局

A 国航空航天 301 号研究基地的地下研究室中，24 小时灯火通明。一群干部和专家通宵达旦地讨论着，两班倒地策划着，经过三天三夜的封闭式工作，他们设计出了一整套行动计划，并且通过了 A 国政府的紧急批准。

距离友谊星连线会议还有 11 天，按照 JDCF 的计划，接下来的这几天内将会组织三次地球内部会议，由 JDCF 的成员国投票决定出最终提案，提上友谊星连线会议的交涉内容。

会上的功夫在会下。按照既定的行动计划，采星辰提着拉杆箱登上了高超声速飞机，她将在接下来三天内拜访 8 个国家，利用不同时区的时差来争分夺秒. 她的使命是尽可能多地拜访 A 国战略合作伙伴的国家，与他们进行深入的沟通交流，同时也通过这些区域大国影响周边，为 A 国提案争取到更多成员的共识。

采星辰带着两份报告，一份是《海洋繁荣项目的科技垄断风险分析》，另一份是《A 国关于海洋繁荣项目的建设方案提案》。

这两份报告凝结了 A 国航天、能源、安全等众多领域内专家的深刻思考与经验结晶，不仅把星际合作的风险分析得极为透彻，还从全人类共同利益的角度出发，真诚为各国出谋划策。

两份报告的内容概要如下。

①反物质科技有利于人类发展，人类应积极参与海洋繁荣项目。

②提议在月球建立星际港口，隔离管理星际快递进出口，包括核查物件的安全性。

③提议友谊星技术转让（包括裂变晶核），帮助人类自研自产。

④为减小星际合作风险，提议项目分三个阶段进行。

第一阶段：在火星验证反物质生成系统，确保安全。

第二阶段：火星验证成功的前提下，在地球小范围内部署。

第三阶段，在人类具备自研裂变晶核技术的前提下，大范围部署。

采星辰手上拿着细致入理且又真诚开放的报告，背后依靠着 A 国，与各国的交流进展非常顺利。举世瞩目的综合国力、全球领先的太空科技、持之以恒的大国诚信，加上她个人的声誉魅力和出色发挥，提案在各个国家都取得了广泛的认同。

对于星际合作项目，不少国家代表从最初的狂热幻想回归到了理性思考；对友谊星人，也从单方面的迷信转向了冷静考量和合理防备。

但采星辰并不乐观，她还在等着一个难缠的对手出招，那就是同样在积极行动的国家——B 国。西蒙在这一周同样也是忙得脚不沾地，他把众多亲信的盟友国家代表召集到 B 国航空航天局会议中心，彻夜策划他们的提案。

当采星辰在飞机行程中小憩时，一封标注着紧急标识的加密邮件发到采星辰的手机上。邮件来自不明发送人，内容只有一句话：B 国计划在背后指使某盟友国家发表提议，申请在该国领海内建立 1 ~ 2 个反物质生成系统测试站。

那个老对手的斗争精神着实令人敬畏，发难果然如期而至。

采星辰大吃一惊，把这句话细细解读了三遍，大脑飞快转动。这个一石二鸟的计策够狠：一方面，B 国能通过操纵盟友获取反物质生成系统的相关技术和测试数据；另一方面，也是在 A 国的领域附近埋下一个不可预测的风险点。万一这个测试站发生任何事故或意外，那么受威胁波及最大的将是 A 国，并且大概率难以影响到远在地球另一侧的 B 国。

冷雨绵绵的 Y 市，阴云沉沉。西蒙正独自一人在 B 国航空航天局总部的办公室熬夜工作，桌上咬了一口的汉堡早已凉透。秘书轻轻敲门说："先生，2 号线，A 国采星辰的加密线路视频电话，是否要接听？"西蒙冷笑一声，清了清嗓音，打开了视频屏幕。

"西蒙先生，听说你计划在 C 国布局？"采星辰甚至都没打招呼，单刀直入。

西蒙瞬间就听懂采星辰的话，他表面不动声色内心却暗暗惊诧，如此高度机密的提案计划竟然短短几小时内就传到了对手手中；但他转念一想，更大概率是东亚某国代表为求自保，故意泄露消息，以期让 A 国出手解救自己。想到这里，内心瞬间畅顺了。他冷静地回答道："每个国家都有自由创新的意愿和权利，包括 C 国，B 国一贯都会支持自己的盟友。"

采星辰低沉而严肃地说道："我知道跟 B 国人打交道，向来都只能拿行动说话。如果 B 国拒绝 A 国的第一提案，那么，我说下 A 国的备选第二提案。既然 B 国一贯支持自由创新、支持你们的盟友自由建站，那么 A 国将直接申请在本国海域同时建设 10 个以上的测试站，我们将彻彻底底地进行反物质技术的自由创新，全面加速 A 国反物质能源的发展！"

西蒙惊呆了，他没想到 A 国竟然有如此破釜沉舟的决心。他甚至说话有点儿不顺畅了："你们……你们不怕友谊星的技术垄断吗？不怕他们设置……设置陷阱吗？"

"既然有人要把陷阱设到我们家门口了，我们不妨就玩大一点儿。"采星辰忽然换了一副笑盈盈的面孔，柔声说道，"还有，你知道，我们的 X 市也是 JDCF 官方分会场，也有星际连接的黑塔。因此，我们计划在 X 市部署反物质转换站，确保 X 市能在不需要任何 JDCF 成员国的帮助下，直接激活星际连接……"

"JDCF 严格规定，不允许任何成员国私自与友谊星连线！你们……

你们这是背叛 JDCF……是背叛全人类！"西蒙气急败坏，粗鲁且失态地打断采星辰的话。

采星辰睁大眼睛，说道："我可没说我们要悄悄给友谊星人打电话。"她笑着挥挥手，继续说道，"我现在给你发了 3 封邮件，请抽空儿看下。"随后，就翩然挂断了电话。

西蒙双掌蒙住眼睛，用 20 秒让自己恢复冷静，然后打开电子邮箱。3 封邮件分别是《A 国关于海洋繁荣项目的建设方案提案》《A 国反物质科学技术发展评估报告（内刊版）》《A 国第二代虫洞技术验证报告（内刊版）》。

两个小时后，采星辰收到西蒙的短信："B 国将支持 A 国的第一提案。"她微微一笑，脸上表情淡然，内心却澎湃狂喜。她知道，至少在地球内部，事情算是已经槌音落定了。

三天后的 JDCF 成员国内部会议如期召开。A 国代表团代表采星辰率先登台，那藏不住的专家风范稳稳镇住全场。她精辟且挥洒自如地发表了 A 国提案——《保护人类命运共同体的长远利益，分阶段实行海洋繁荣项目》。全场掌声如潮，甚至连西蒙都带着外交官式的标准微笑在轻轻鼓掌。

"人类的命运必须掌握在人类自己手上。"采星辰精彩激昂的最后陈词把会议带入高潮，A 国提案得到顺利通过！

大会还进一步讨论了友谊星的合作计划，同时，各国投票推举出了本次项目的主要负责人，采星辰、西蒙两人被任命为项目轮值总监。

会后，采星辰跟西蒙再一次握手。采星辰诚挚真切地说："接下来，咱们将要共同面对友谊星人，我由衷希望这次两国能合作愉快。"

这次，西蒙竟然放下了扑克脸，点头，坚定地说道："两国合作愉快！"

地球人已经统一战线，与友谊星的海洋繁荣项目正式开局。

第五章　破局

X 市的晴空，淡蓝纯净。新一代钍反应堆核电站为整个 X 市供应着充沛而清洁的能源。X 市创新式建设的"钢铁 + 绿树"立体城市架构，和谐地融合了先进科技与自然生态，打造出了享誉世界的"东方巴比伦空中花园"。

地球与友谊星的海洋繁荣项目第二次连线会议，在 X 市 JDCF 分会场召开。会场的装修整体呼应着 X 市的"钢铁 + 绿树"主题风格，主打绿色低碳：高度镂空透光的钢架构天花板，配合精妙的反射金属镜面，让自然光充分照亮了会场的各个角落；会场内环绕着多生态的绿树和花卉，同时搭配着多功能的桌椅与高科技会议设备，让大家仿佛置身于新时代的世外桃源。

由于此次会议事关重大，已经从航天和能源领域破圈延伸到了政治、经济甚至国防领域，各国的高级别干部和专家都云集 X 市，一同来亲身见证这个人类发展史上的关键时刻。

"合作才能共存，互利才能共赢。"赵华·A 带着他的标志性开场白，出现在会场的大屏幕上，那慈祥双目的暖意依旧直达人心。

采星辰和西蒙一同走上主席台，两位一时瑜亮历经多年交手，今天却表情融洽和睦，步调统一和谐。他们的演讲更是如同排练过一般，高度默契地配合着，简洁流畅地为赵华·A 讲解了地球的项目提案。

尽管二人在宣讲时已经尽可能地保持语气委婉、用词谨慎，但这份提案仍然如利剑一般划破了友谊星人的平和心态。第一次，采星辰和西蒙看到赵华·A 怒目圆睁的表情，蓝色的双目似乎要迸出火星。这位温和可亲的外星友人十多年来多次与地球打交道，向来都是慈眉善目，这次竟然露出了怒火中烧的眼神，带有一种因傲慢内心遭到顶撞而触发的邪火。

　　但仅仅一瞬间过后，赵华·A就回到了原有的状态。他强行放低身段，笑眯眯地说道："地球的提案考虑得非常周到……"

　　"胡闹！"他身边的一位随行人员忽然站起来，恶狠狠地用友谊星语言喊道，"你们对海洋繁荣项目明显缺乏诚意！这完全是对我们的不信任，甚至是侮辱！更是对友谊星的挑衅！"

　　雷霆般的怒吼震动翻译耳机，采星辰却并不为所动，她一眼就看出，这位看似冒失的人物大概率就是负责唱黑脸的狠人。

　　她淡淡说道："各位尊敬的友谊星首长，敬请务必相信，我们的提案没有任何不敬的意思，地球人对于友谊星一向保持高度崇敬，更对海洋繁荣项目充满美好的期待。"

　　西蒙则继续补充道："我们对友谊星一贯坚持3个100%原则——100%的信任、100%的开放、100%的合作。"

　　赵华·A一面观察着各方反应，一面沉思盘算，他小声嘀咕了几句："月球建立星际港，接收和检测进出口物品……嗯嗯，可行。"

　　忽然，他似乎想到了什么，随即就站出来打圆场，挥挥手，说道："我能感到地球人为这个项目进行的深刻思考，也更加确信你们的合作诚意。友谊星人应该尊重地球人的合理提案。"

　　接着，他又露出了慈祥和善的微笑，大声说道："我宣布，海洋繁荣项目，按照地球人的提案启动！"

　　当晚的X市展出了极为绚烂的烟花秀、精彩绝伦的超声速无人机表演，以纪念人类命运共同体一起同心协力的这个日子。

　　4253年，在全人类的辛勤努力下，历经三年的海洋繁荣项目第一阶段取得了突破性的进展，月球星际港的基础设施建设完工，火星反物质生成系统的验证中心也建设完成。

　　按照约定计划，地球人通过高能虫洞已经接收到了友谊星第一批提供的3颗裂变晶核。接下来，将进入项目关键节点：向反物质生成系统植入晶核并启动工作。

采星辰和西蒙这两位项目轮值总监今天将要在 X 市会场组织星际连线会议，向友谊星汇报项目情况，并申请裂变晶核的启动密钥。各国代表齐聚一堂，共同激活了信息虫洞的连接。

赵华·A 上线了。今天的他一反常态地没有喊出口头禅，而且神色威严、冷峻，似乎就像一位长袖善舞的商人转身变成了一名杀伐决断的将军。他不耐烦地听完采星辰和西蒙的汇报，迫不及待地抢过了话语权。

"裂变晶核收到了？听说你们设在月球的星际港要先进行隔离验货？准备怎样验证我们的晶核啊？"赵华·A 带着居高临下的傲慢，冷冰冰地问道。

画面切换到核能专家初天鸿，他现在身在火星的实验室，通过远程接入会议。他接过话头，回答道："赵华先生，裂变晶核将由我来负责组织测试，我们会先进行原子扫描，然后是核磁共振结构透视……"

"够了，你闭嘴！"赵华·A 厉声打断，"今天轮不到你说话！"

他阴森森地接着说道："我现在有一件更重要的事情要宣布！上次，你们地球人胆敢违逆我的计划给我发表提案，我顾全大局从了你们；但是今天，我要给你们地球人一个提案。嘿嘿，我提议，在接下来的三年内，地球人要全面建设 20 台反物质生成系统，覆盖所有海域，全部采用友谊星的裂变晶核！并且，要马上动工！"

采星辰脸色惨白，她惊觉事态不对劲，赶忙说道："按照我们协商好的计划，在试验场完成验证和友谊星技术转让之前，暂时不会规模建设……"

赵华·A 坏笑起来，说道："计划嘛，确实是这样，但是现在情况有变了。"

他一边拿出一个晶核样品开始把玩摆弄，一边继续说道："这个小小的晶核集合了我们友谊星的高度智慧，能驱动原子裂变生成出反物质，供应巨大的能量，用你们地球话来说，可以算是鬼斧神工。当然，这个小宝贝还有一个免费赠送的特别功能，那就是……"

"爆炸！BOOM！"他做了一个手指张开的动作，喊道，"你们地球人耍小聪明，竟然想到在月球上先做安全隔离检测；但你们还是失算了，这个火辣辣的小宝贝只要1个就足以炸掉半个月球，月球可护不住你们。嘿嘿！这个赠品，你们喜欢吗？"

西蒙脸上渗出了冰冷的汗珠，见惯了大场面的他竟也微微颤抖，他问道："按目前我们收到的3个晶核，如果发生爆炸，将足以摧毁月球，并且还能波及地球造成毁灭性打击。你是这个意思吗？"

赵华·A狂笑起来："哈哈，没错！我已经在晶核中植入了由量子纠缠控制的后门！利用这种控制后门，可以跨越一切时空，让我随时随地掌握地球的生死存亡；并且，晶核还具有感知系统，任何破坏和转移晶核的举动都逃不过我的眼睛，我会死死盯住你们，让你们永世都无法摆脱！这，就是我奴役地球的力量之源！"

他站起身，忘情地叫嚣道："裂变晶核是我们友谊星的税务官，也是你们地球人的达摩克利斯之剑！你们收到晶核之时，就是臣服于我之日！这是友谊星对地球科技殖民的伟大时刻！"

会场陷入一片死寂，赵华·A的狂叫似乎就像是世界末日的钟声一样刺耳，所有的国家代表都惊恐地张大了嘴巴，瞪圆了眼睛，抖动着肩膀，不知所措。

这时，远程接入会议的初天鸿忽然发话了："星辰，幸好有你。"他把镜头拉远，在屏幕上显现出他的背景环境，他背后密封的落地玻璃窗外是火星那壮丽的赤红色山脉，广袤连绵。

初天鸿继续说道："赵华先生，如你所见，我现在正位于火星的反物质测试实验室，现在，请你看看我手上的东西。"他打开一个透明的密封箱，三个蓝色的晶核赫然陈列在里面。

"火星？你在火星？晶核在火星？你们是在火星建立虫洞接收晶核的吗?！为什么啊？"突如其来的情势反转让赵华·A慌乱失措，他毫无语言逻辑地乱叫起来。

初天鸿冷笑着答道："因为火星距离地球足够远，足够安全。"

采星辰这时已经调整了情绪，她冷静地说道："我们在项目进行过程中考虑到月球距离地球太近，最终决定把晶核的虫洞接收地点改为了火星试验场。我们地球人诚意合作，没想到你们竟然会在晶核中植入后门。"

赵华·A吼叫起来："你们擅自调整计划！火星上怎么可能激活虫洞！？"

西蒙扶了扶眼镜，说道："地球在火星的钍矿开采已经非常成熟，我们在那里建设了地球人自主研发的A国环流六号、B国奥海默加速器，能量足够强劲，激活一个虫洞绰绰有余。"

地球会场上，所有人的眼中都满含着欣喜而激动的泪水。他们意识到刚刚自己是从鬼门关走了一遭，现在由衷地体会到：科技的权柄掌握在自己手中，才能保证足够的安全，才能有足够的话语权！

原来，赵华·A策划的阴谋是在晶核中植入后门，待到地球激活虫洞收到晶核后，就等于把几个超级遥控炸弹投放到地球上。届时，抓住地球生死把柄的他，就能强势地奴役人类，科技殖民的设想就达成了。

而此刻的赵华·A操之过急，图穷匕见之后，却发现晶核被投放在了遥远的火星，根本无法威胁到地球。阴谋落空的他已经陷入了狂怒，他用友谊星语言胡乱号叫着，杂乱的语音甚至翻译器都无法解析。

突然，他的屏幕画面黑屏了，接着取而代之的是另一位友谊星人，他似乎位高权重，身着友谊星传统战斗服装，头部装饰上闪烁着两颗蓝光四射的宝石，气势凌人。他大声说道："友谊星际合作委员长赵华·A涉嫌触犯友谊星的外星合作法，我宣布将其收押送审！"

停顿了几秒钟，此人继续说道："各位地球人，我是友谊星的高等执政官，在此我深表遗憾和歉意，赵华·A刚才的所有言论和行为均是其个人所为，他的非法行为严重侵害了地球的利益，我们友谊星将进行彻查，并尽快向地球人通报。"

随后，他行了一个友谊星的军礼，最后说道："我们友谊星为十多个星球供应晶核，从未植入过后门。此次赵华·Ａ犯下重罪，我再次深表歉意。我们将重新任命更诚信、更合适的人选，来接任地球的合作委员长，希望地球人能不计前嫌，今后继续合作。"说完，信息虫洞的会议连接就被中断了。

一波一波过山车式的变化，让所有参加会议的国家代表都瞠目结舌。大家都还没从奔腾起伏的思潮中返回现实，呆呆地回味着这些年的一幕幕。所有人都难以置信，地球就这样悄悄经历了从毁灭到存续的命运考验。

落日的余晖在天边映照出炫彩的晚霞，X 市 JDCF 分会场的巨大水晶标志在霞光中晶莹闪烁。采星辰和西蒙拿着易拉罐饮料并肩坐在台阶上，用止不住颤抖的手轻轻碰杯，又一次相视一笑。今天绝不是圆满完美的一天，但这两位尽心守护着地球岁月静好的英雄的确没有辱没使命。

JDCF 所有成员国代表也相聚在会议厅外的大广场上，有人击掌相庆，有人相拥而泣，有人抱头沉思……

科技殖民的恐怖威力深深震撼了他们的内心，比土地殖民更范围广阔，比文化殖民更快速传播，比经济殖民更隐蔽难挡。他们感叹着星际合作的波谲云诡，也感受到自己作为国家代表的千钧重任，他们还为人类未来的前途而忐忑担忧；但所有人心里都同在回荡着一个声音——那是采星辰曾经的呐喊：人类的命运，必须掌握在人类自己手上！

父亲、儿子、人工智能

朱思达

引 子

森林中，一座高约 200 米的墙把森林劈开，坚硬的混凝土好像要阻挡洪水似的。

郁葱的树枝遮住了阳光，周遭只能听见夏蝉的鸣叫声，还有靴子踩在落叶堆上的窸窣声。

虽然已经刻意压低力度了，可还能听出一个脚步声略显轻快，另一个沉重而又斩钉截铁。

突然，不远处的树丛中有动静。

沉重的脚步先停了下来，一双制式军大靴，穿着它的是一个威严的军官，手持着一把猎枪，那猎枪，比他身旁的儿子还要长一截。

儿子害怕了，可父亲用宽厚的双手按着他的肩头。

"你去。"好似命令的口吻。

"爸爸……"

"必须。"军官冷冷地吐出两个字。

他回头看了一眼强势的父亲，蹑手蹑脚地拨开了草丛。

是一只受伤的猫，身上有几处口子。

"爸爸，是一只猫！"

军官这时却一把推开儿子，打开保险，硕大的枪管对准了那只猫。

那只猫的伤口里，不是血肉，而是散发着霓虹彩光的电线管！不过两秒，皮肤竟然愈合上了。它的后腿机械般地颤动，更诡异的是，它的瞳孔里竟然显示出了数字：01001100……

儿子一把推开枪口，用身体挡在猫的前面，大声质问他的父亲怎么能这么残忍。

军官摸了摸腰间的子弹，摸到一个虚位，拉着儿子转身就要离开。

儿子挣脱，抱起那只猫。

军官再次观察了一会儿。

提上了保险，转身离去。

在离开森林的途中，儿子怀里的猫睁开了空洞的双眼。毛发换色，瞳孔变形。

只是，没有人注意到。

第一章

昏暗的地下室，黯淡的光散射进来，照亮了一滴滴飞舞在空中的汗滴。

是那个男孩，手持着一把未开刃的长刀，孔武有力地挥舞着。

面前是一个全副武装的人形机器人，精铁做的关节，通体蓝黑，散发着冷酷的光泽。长刀此时突然迸射出亮蓝的光芒，包裹着锋刃，发出了"吱吱"的声音，无数电流在其中跳动。突然，长刀破开空气砍向机器人，却在距离机器人还有 5 厘米的时候稳稳地停下了。无数次挥砍，都是一样的结果。

随后，手握着刀柄的莫思肌肉开始颤抖。

幽暗的地下室里，其实还有另一个人——他的父亲也伦。他一直注视着男孩，或者说，监督着。

从男孩身后走来，也伦用双指抵下刀刃，使其正面对准机器人的右胸。

"这里，才是人工智能体的核心。"

"知道了，父亲。"

"再来一遍，C-1T！"

莫思又是一阵猛烈地挥砍。这次，刀刃停在了正确的地方。

"今天，就到这里。"

也伦随手在半空中比画了一下，房间四角的投影机便熄灭了。

全息投影消失，那个机器人原来只是一具橡胶假人。

莫思如释重负，即便面对的是一动不动的机器人，他也会无比地心悸。

两人离开了训练室。

一栋灯火通明的欧式建筑，同这一条街上其他的住宅串成了一条亮线。这个片区有许多条"亮线"鳞次栉比，仿佛一台精密的机器，显露着秩序的美感。

也伦一家围坐在餐桌旁。

夫人问莫思："这几天在学校怎么样？老师真的允许了吗？"

"是的，妈妈。我过得很好，猫咪帮助了我很多。"

莫思是一个 16 岁的男孩，留着规整的短发，有着宝石蓝的瞳孔。

"你用它做什么了？"也伦忽然插话，盯着莫思。

"做作业。"

夫人瞥了也伦一眼，也伦却无视着，煞有介事地看着通向二楼的阶梯。

他们一家生活在边境的镍州城，紧邻着高墙，也伦就在这支守卫高墙的反 AI 指挥部队服役，守护着每一座生能器，这是全国投入最大的军事力量。

莫思不停地瞟着父亲，希望从他那张冷峻的脸上看出一点表情。

"我要去围墙了。今晚到明天早晨，都不在。"

"可是，我们不是约好了看今晚的电影吗？"

"爸爸，你要去洞损吗？就是把臭氧层用导弹打出一个洞，然后紫外线照进来就可以接收能量为整个城市供能！但是，那样做太多次不好吧？"

莫思忽然开始敲桌子，"滴滴答答……"这是父子俩小时候玩的游戏。也伦读懂了摩斯电码的讯息，不过，神情没有变化。

"军令在身。"这句话还没说完，也伦披上了大衣，头也不回地走出了家门。

夫人望着远去的背影，只是默默地低下头一言不发。

"妈妈，我尽力了……"

"没事儿，宝贝，都是你父亲的错。"

莫思仰起头，面带微笑地说："妈妈，我还想吃牛排。"

"好嘞，妈妈这就去做。"

看着莫思狼吞虎咽，欣慰的笑容难得在夫人脸上绽放，她多想时间就这样停在此刻。

"我吃饱了，我去写作业了。"

莫思起身，规规矩矩地将自己的椅子摆放好。临走前，他又看了一眼。

　　回到自己房间，莫思呼出了虚拟屏，淡蓝色的光晕在书桌前凝结成了一块屏幕。他戴上箍在额头的传感器，凭借脑电波信号，调动这几天要学习的历史学习资料。

　　"人工智能一旦拥有了自我意识，就会引发无穷无尽的灾难。

　　"3029 年，伊洛匿发生了著名的'深造工厂事件'，人工智能利用自我意识支配了工厂的自动化机器，隐蔽地为自己生产实体——也就是人工智能体。人工智能体各方面与人类的功能无异，甚至更强。这是对人类文明的极大挑衅和巨大隐患。

　　"3035 年，人工智能在世界中心伊洛匿向其创造者发动了一场规模巨大的战争，双方死伤惨重。人类为了对抗人工智能体不惜动用了核打击，取得了伟大的胜利。

　　"至此，所有人工智能被驱赶到人类主要生活区外。人类建立了绵延数万千米的边境高墙包围着伊洛匿，并且禁止了一切有关智能算法的研究，废除了原本以二进制为基础的传统互联网，建立了更加高效安全的生物电信号网络。至今，边境之外的地区以阿瑟卡萨部队为首的反攻军不间断地与人工智能交战并且获取了许多宝贵情报。"

　　历史课本里的虚拟女声通过传感器传导到头骨上。骨头深处是视神经所在，信号就这样传导到了神经上，将这个世界的经历展现在莫思的脑海中。莫思正在专心地做着笔记。

　　忽然，身后传来声音。

　　"假的。"一句话从那只十天前被他带回来的猫的口中传出。

　　莫思显得见怪不怪，他熟练地发出信号，开启了房间的隔音功能。

　　"这是不对的，别再这么说了，银伞。"

　　"哦。"银伞回答道，轻身一跃，落地无声地从床头跳到了书桌上。

　　这只"猫"的名字是莫思自己取的，叫作银伞。因为它从颈到前臂后有着一圈一圈的银灰色的毛自然而然地向后梳起，像狮子的鬃毛那样。它通体的毛发是乳白色的，脚掌上毛发呈黑色。这只"猫"的眼睛也是奇怪，并不像其他猫那样，瞳孔呈两尖形，而是一个浑圆的圆形瞳孔，无论夜视明视，瞳孔只会放大和缩小，散发出蓝色幽深的光芒。

莫思知道这不是一只正常的猫，但每当他看向它的瞳孔时，都会不自觉地被它迷住。

这只生物是这么的美妙，仿佛有着什么不可告人的秘密。

"3035 年，人类国的国王之女被武装人工智能所绑架，至其父母离世时未能归来。这成了人类历史上的一次巨大的耻辱。

"此后多年，阿瑟卡萨部队一直尝试着反击与营救，皆以失败告终。"机械的女声再次共振。

界面右边弹出了一条信息：来自家人。

"莫思，妈妈争取到了假期。暑假，带着你去海边玩，好不好？"

莫思的脑海中浮现出了海边的景象，蔚蓝的天空、微咸的海风、温暖的沙地……

"哦，谢谢妈妈！可是，还是课程比较重要吧。"

"你已经好几年没有出去玩过了……"

"我知道，考完试就出去玩。"

……

莫思为了完成学校的作业，一直学习到夜里 12 点。文学、数学、英语、拉丁语、物理、化学、历史……年仅 16 岁的莫思简直无所不学。待处理的作业在淡蓝色光晕中堆成了一座高塔，而莫思的个人界面上，亮色标注着在班级、学校、城市，甚至全国的成绩排名。他完成了所有的作业后，满怀期待地打开了页面，然而却看到排名反而还下降了两名。他的父母想送他去首都读大学，而首都的竞争压力只会更高。

最重要的考核标准，还有一项成绩是决绝力。

需要斩杀 2000 台以上的智能体，每次斩杀的智能体的核心都会自动被激活，给学生的系统记分，不同的智能体所代表的分数都不一样。

莫思在学校超过 6 年了，但还是 1 分都没拿到。

他每次面对即便是无意识的智能体都会心悸甚至手软，无法挥下致命一刀。无论经过怎样的训练，只要在他面前是真的智能体，他就做不到。仿佛心里被一只巨手扼住了一样，跨不过那一条线。

然而，决绝力不高，是完全没有机会进入更好的大学的。

许多人即使文化课成绩极差，但是决绝力极高，斩杀上万甚至数十万个智能体，也都会被大学破格录取。

莫思很担心这一点，可是他又无能为力。

看看旁边的银伞，像一尊雕塑一样立在书桌上，只有银灰色的毛发在有规律地浮动。

一股无力感侵袭而来，莫思支撑不住，趴在了书桌上。

"好歹也是我的猫，怎么就不学学我呢？"

"我不是谁的什么东西，我就是我。"银伞没有开口，声音却斩钉截铁。

书桌上，放着一张立起来的照片，是年轻的父亲在他的母校——首都大学门口。

莫思在心里鼓励了自己三次后就回到床上睡觉了。

银伞却在这时睁开了空洞的双眼，覆盖全房间的电磁力场此时才消散。

"唉。"它看向了窗外的房檐，那里隐隐约约的黑影突然消失。

"如果真的有用的话。"

第二天，镍州中学。

阳光洒在了大理石砖铺就的阶梯上，阶梯高有数十米。最高处好像处于云端之上，素有"天梯"之称。两旁各有一列雕像。

雕像是用液态金属打造而成的，根据指令可以自由地流动，塑形成不同的姿态。

左边是一个学生模样的，通体呈银灰色，伸出双手面朝校门做出欢迎的姿态。

右边是一个老师模样的，手持着课本，面向前方微笑着。

一列列蓝色的高速摆渡车在校门口停下，车门向上开启。走下来的是一群身着蓝色制服、步履匆忙的高中生。每个人都背着大大小小的书包，手上还拎着一个黑色的方包。在人群的攒动中，莫思出现了，一个身高 1.9 米的大男孩在人群中总是很显眼。

当学生们上阶梯时，雕像就会转头面向他们开口说话，声音响彻云霄，言语是电子合成的，听起来无比亲切、自然。

"早上好！全市排名第 4 名的金泽藩同学，昨天的数学考试对你不算难吧？"

"你好！全国排名第 16 名的楚稻朵同学，你真是学校的骄傲！"

"哦，祝贺班级排名第一的 TUITY 同学昨天在全市化学实验比赛中夺得第一名的好成绩。"

"……"

莫思抬头看了雕像一眼，雕像也同时低头看向了他。

突然，身后几道光线像激光一样从天空中射下来，直径有几百米的巨型光柱，全部涌进了地面上的收容器里面，收容器附近戒备森严。一时间，所有人都在看着这一壮观的景象，随着光柱的运作，城市的灯光好像又亮了几分。

人群中爆发出剧烈的欢呼声，人们相互赞美、击掌，为这几乎要闪瞎双眼的光亮而欢呼着，庆祝今天又是能量充沛的一天。

莫思没有参与，像一个局外人一样游离在欢呼的人群之外，时不时低下头来叹气。

"同学们，让我们感激这个城市，带给我们的美好生活！"雕像发话了，人群的欢呼声更加剧烈了。

雕像还发了一则消息，通过共振信号将特定频率传入了莫思的颞侧。

"莫思，来 702 办公室一趟。"内置的处理器解读了内容。

莫思知道他今天的任务，走进教师办公室后，他熟练地朝着每个老师问好。

他的管理者是一位年轻美丽的女青年，头发长而直，像柳丝一样披在身后，左耳上方的头发却被固定撩起，露出耳后足足 6 个脑机接口，每一个都安插了十足容量的数据盘，而莫思只有 1 个。

"你好，莫思！"

"岑老师，您好！"

"今天晚上 8 点，反 AI 指挥部队的军官将来为我们的学生进行招生宣传。"

"收到。"

"听说也伦将军是你的父亲。"

"是。"

"那实在是太好了，我们希望你能在直播时为我们做一个演讲。你和你父亲的关系一定能成为一段佳话。"

莫思难得地犹豫了，低下了头，看着地板上的纹路。

"我相信你一定对成为光荣军队的一分子感兴趣，每一个男孩都应该有这样一个机会。"

莫思再抬头时，老师的双眼已经正对着他的瞳孔。

"是，老师，我愿意！"他发出最后一个音的时候，音调拉高，以至于破音了。

"可是，老师，我还没有准备。"

岑老师此时闭上眼睛停顿了一下，而后方的数据盘的工作灯突然亮起并且有规律地律动着，仅仅过了两秒，老师伸出两根手指抵到了莫思的额头上。

一股数据传入大脑，莫思迅速处理了这一文件，是一篇演讲稿。

"到时候，你就照着这份稿子念就可以了，记得是下午两点，自己设个闹钟吧！"

"谢谢老师！"

"还有，你的处理器有点儿问题，我在读取的时候遇到了阻碍。放学后，去校医室找大夫看看，我先帮你预约。"

"好的，谢谢老师。"

"去吧，莫思，战斗晨练的时候，一定要努力点儿啊！"

"老师，我有一个请求。"

"说。"

"我想要请假。"

"否决。"

"老师，可是《学生法》有明确的规定……老师也不能违反吧。"

"我不管。"

莫思深鞠一躬，便退出了办公室。

他已经身处在学校第二高的楼层了，从这里望去，整所学校呈现为上古时代的金字塔形。最顶层的一、二、三层分别是校领导、老师、教职工所工作的地方，往下是庞大的学生群体所学习的地方。

没时间多看，他马上就赶到战斗晨练的练习室里了。

先进行晨读，所有的孩子在按部就班地读书，莫思也不例外。而他下课了也不能放过这段时间，和其他同学一样，埋在一份又一份的学习文件里。

所有孩子都是这样，无论家境、资质。

而莫思，就是人海中随波逐流的一滴水，平凡、坚定、普通……

到了实战环节，同学们都奋力地挥砍着，用特制的电磁刀刃杀伤着人工智能体。这些智能体来自军队的工厂。

而高年级的学生，有些已经在使用枪械装载电磁弹进行训练了。

"呵啊！"一个膀大腰圆的光头同学怒吼着劈断了一具人工智能体，围观的同学纷纷叫好。

地上的残肢断臂处自发地伸出线路互相连接，分泌出半固体的淡黄色的修复液，不到 5 分钟，智能体又重新站了起来，完好如初。

每一个智能体都有一份 AI 程序，自动修复、精确计算与评估都要用到人工智能算法技术建立无数的模型，但是其源代码被人为修改过，所以可以完全由人类所控制。

光头同学反手又是一挥，智能体再次倒在了地上。他扭曲的双眼却看向了不远处的莫思。

莫思此时姿势标准地举着刀，前方是一具完好无损的智能体。他就这样定在那里，闭着眼睛，嘴里还念念有词，在学校这么多年，他从来没有摧毁过一具人工智能体。

"砍啊，废物！"旁人爆发出一阵哄笑。

莫思紧皱眉头，他收好刀，在同学们的嘲笑中默默地离开了训练室。

正当他要离开的时候，两个他很熟悉的同学靠了过来。

"也伦大将军怎么生出你这个废物，是大将军太仁慈了，就让我们替他教训一下你。"其中一个同学用手指顶了一下莫思的肩膀，另外一个同学直接一脚将莫思踹倒在地。

"别这样。"莫思默默地握紧拳头，指甲嵌进肉里。

清脆的击打声传来，他们用上了"电棒"。那是他们用从学校偷来的长刀掰断改造而成的武器，通上电流有不小的威力。

莫思蹲坐在厕所里，默默地用准备好的物品涂抹伤口。

银伞冒出头来，直勾勾地盯着莫思。

"为什么不还手？你明明打得过那两只虾米的。"

"这样不对……"

"他们把垃圾情绪发泄到无辜的你身上，和他们讲道理只不过是无能的慰藉罢了，你难道不痛恨这样的卑鄙无耻之徒吗？"

"银伞，我不配做你的主人。"

"你就是我的主人。"

"可是……"

银伞迅速地缩回了毛茸茸的头。

第二章

傍晚的学校大礼堂，灯火通明。

数千名学生整整齐齐地坐在座位上。

8点整。

几个高清摄像无人机从墙壁中的暗柜中飞了出来，围绕着讲台，几乎无死角。

一束全息蓝影划过讲台上方，打出了"欢迎也伦将军及其战友莅临学校"的字样。

每个座椅上也出现了蓝屏，将大会的条目呈现给每一个学生看。

可是，学生们并不领情。

讲台上首先走出来的就是莫思，他一开始讲话，台下就响起了阵阵嘘声。

嘘声铺天盖地，仿佛击碎了莫思的耳膜一般强烈地侵蚀着他的大脑。

他不知所措，忘记了隔音这一功能。

他硬着头皮念着稿子。

"军团生活凝聚着战士们的热血，饱含着人类的希望。

"我作为将军之子，自当有责任向同学们宣扬军旅生活的必要性。

"……

"在军队中，我们能磨炼艰苦斗争的意志，唯有卓绝的意志才能带领团结的人类打败人类最大的敌人——人工智能……为了国家，为了荣誉，这是青年们的……"

笑声、嘈杂声被摄像无人机屏蔽，在外界看来，这场演讲是优秀的。

莫思感到无比得刺耳，念完稿子就想下场，可是文件提醒他，下一环节是军官们的出场。

军官们来得雷厉风行，脚步迅速而大方。

一排老款式的智能体被推上来，下方显示着一排字："镍州反 AI 部队赠镍州中学。"

不一会儿，也伦立正在了莫思身旁。

"哇，这就是军用型的纳米外骨骼吗？""我的天，这肌肉！""将军……好像腰上别了一把枪？"同学们被军官们冷厉的眼神震慑住了，停止了嬉笑。

莫思终于没有那么痛苦了，他的手臂紧紧贴着父亲。感谢父亲的及时出现，场面才得以控制。他想靠在父亲的肩膀上，可是不行，这样显得太弱了。莫思挺起胸膛，眼神透出一点儿凌厉，正视着摄像无人机。

"也伦将军，请给我签个名吧！""我也要，我也要！"同学们一拥而上。

一切进行得如此顺利，对于也伦父子二人而言，就是一段难忘的父子时光。

莫思回忆起了儿时。那时，父亲刚离开一支军队，他的心仿佛还留在战场上面。最初面对这样一个儿子的时候，还表现得不知所措，可是，当他自然地将这样一个小生命搂进宽阔的胳臂，温和的吐息抚平了作为士兵的警戒，穿透了也伦外表坚硬内在柔软的心。

每天在屋外的草地上无忧无虑地玩耍，滑滑梯，躲避球，折返跑……莫思时而埋怨父亲严格的要求，时而又依偎在永远坚强的臂膀上。

正当所有人都在大厅里有说有笑时，莫思走向了一旁的智能体。

他仔细地观察了这些智能体，似乎和平时训练的没有什么不一样。

可是在背后，核心元件暴露在外面，这是为了投入使用前的智能体方便维修。

莫思看到了那些核心的级别：4G 级别，紫色。

"竟然是紫色的，摧毁一具至少值 600 分……"莫思心里嘀咕，"如果我可以……拔出核心再插上，那么系统也会认定是我斩杀的……这样一来，或许我就有希望达到分数线。"

所有人都围着军官，没有人注意到这边。莫思还在纠结着这个计划。

只要一个动作，多做几次，排名就可以上升，说不定就达到首都大学的标准了。神不知鬼不觉的，没有人会发现，爸爸会为我感到很骄傲的……首都大学那气派的景象一遍遍在莫思脑海中浮现。

他必须得冒这个险。

"刺啦……呲。"一条加分的信息果然收到了，莫思无比欣喜。

可是第二次的时候，插口突然被封闭了。

其他一排的智能体悄无声息地运动了起来。

莫思赶紧后退，这不是他所学到的，理论上失去了核心，智能体无法进行一切行动。

他躲藏到了讲台后面，希望没有人发现他。

智能体有规律地运动起来，它们站成一圈，手拉手，头向头。突然，10 个智能体的身体像纸团一样被搅到了一起，伴随着刺耳的金属刺啦声。所有的钢板、线路被重新排列、集成。

莫思最先感受到了这一幕，大叫着警告旁人。

那一团机械"肉球"在几千个人的注视下，缓缓地折叠、拼接成一只机械猩猩的形状，眼睛中散发着与平常柔和的白光截然不同的血红，在巨大身躯的映衬下显得格外瘆人。

"所有人退后！"军官们大喊着。也伦及军官们则站成一排，堵在"猩猩"面前。

"呼叫增援，保护学生！"也伦大喝。

机械肌肉异常膨大，以至于胀破了盖板。它的头部发出刺耳的嘶吼声，头颅不断地抽动，仿佛在找寻着目标。

它一出现，整个室内的温度都高了几摄氏度。面对突发的状况，恐惧吞噬了同学们，他们争相向门口逃去。

"猩猩"率先出手，无视军官们的它一跃高达 3 米并向人群冲去。也伦也以极快的反应速度激活外骨骼以爆发速度直取"猩猩"的下颈。军用级别的大脑插件可以将人的反应缩短至微秒。他们在空中相撞，凭借着外骨骼的加速，"猩猩"掉落下来。

在正下方，其余军官们也早已做好了准备。采用高能冷兵器一起向"猩猩"脆弱的关节刺去。眼看长剑就要斩断线路，其他部位的挡板却突然脱离原位挡住了关节间隙。军官们也迅速反应，不约而同地开启了电磁覆盖功能，企图穿透挡板干扰线路的运作。

一声巨大的爆炸声响起，浓浓的硝烟覆盖了场地。军官们迅速放弃了攻击撤出了原位，却发现，自己手中长剑的蓝色光芒消失了；可是，还有一位二等兵过于自信，结果自己落到了几十米开外，手中长剑也掉到了讲台旁边。

"正在重启电磁……重启失败！"

硝烟缓缓散去，首先投射出来的却是蓝色的电光。"猩猩"的关节处竟然也都覆盖了一层蓝色的电磁波！

所有人都没见过这样的场面，即使是身经百战的也伦。

"撤退！撤退！"

莫思从来没有想过事情会发展成这样，怎么会是这样的结果。伴随着敏锐地观察，他发现了一些端倪。

"它用关节的电磁发生器电离空气，我们的武器无效！"也伦这时收到了莫思的无线信号。

也伦惊慌地扫视现场，在讲台后面看到了一双手拿走了长剑。

"快离开，走啊！"也伦歇斯底里地对莫思传讯。

"只有从电池那里……"传讯断了，"猩猩"开始暴烈地锤击地面上的军官们。

莫思看到了"猩猩"的背后，那里是一块巨大的挡板，空隙中竟然没有电磁波。莫思拿着刀，果断冲出掩护，这是一次千载难逢的机会。

莫思跃起，用尽全身力气向背板的核心刺去，千钧一发之际，一抹带着电火花的暗蓝色刀刃逼近了它的脖子。

"猩猩"猛然回头，血红的双眼恰好与莫思对视。

"求求你……别……杀我……"一句话突然在莫思的脑海里响起，震颤了莫思的心灵。

本来已经直指要害的长剑，莫思在最后一刻改变了轨迹。

清脆的一削，"猩猩"的双眼暗淡了下来。莫思借着力道翻滚出了很远。

下一秒，莫思就只看到了也伦坚毅的背影挡在面前，双手横挡着"猩猩"的重压。

外骨骼超负荷运转以至于传动轴发红，好似将要融化，可是"猩猩"巨大的力量还是将也伦像一根稻草一样往地上压，甚至可以听见也伦的脊椎"咯咯"作响。

"莫思！快……走！"也伦额头上的青筋仿佛都要爆出来了。

然而，莫思还在恍惚之中，呆滞地坐在那里，仿佛大脑被清空。

"呃，啊啊啊啊……"也伦的膝盖也无法支撑了，重重地嵌进了地板里，外骨骼的几根支撑条已经断裂。

"咔嚓！"小臂断裂的声音。"猩猩"恐怖的力量压在也伦的肩膀上，现在的也伦完全在用人类身躯抵挡着。仿佛下一刻，也伦就要被碾碎。

"快走……呃，啊啊啊啊啊！"

轰隆的一声，肩上的力道突然消失……

就在这时，"猩猩"突然熄火，失去了力量，重重地倒在了地上。

背后走出一个女人。

身着灰黑色紧身衣，双臂上各有4个投射器，投影出4块全息屏幕，无数的数字在上面高速运转着，还有一个显眼的"100%"。面颊上戴着一块横向的透明屏幕环绕双眼，让人看不出她在注视着哪里。当然，最显眼的，还是她那绿色的单边长发以及 6 道荧光。

她拉起虚弱的也伦，说道："防火墙被刻意加固过了，所以有点儿慢。"

她温柔地为也伦解开故障的外骨骼部件，把鲜红的嘴唇贴到也伦耳垂边，轻声说："这么多年了，咱们还是这么有默契呢。"

也伦一瘸一拐地从倒下的"猩猩"手臂上抽出一条大概 5 厘米的插头，放回了自己的口袋。

在接触"猩猩"双手的一瞬间，也伦就神不知鬼不觉地做了手脚。

终于，莫思缓过神来了。起身的一瞬间，看到了女人的脸。

"真的很像呢。"

"您是？"

"去问你爸爸吧。"

他走向也伦，关切地问："爸，你没事……"

"离开这里！回家去！"莫思还没说完，也伦就严厉地命令道。

虽然嘴上这么说，但是也伦同时用无线信号给莫思传递了另一份信息："B 岚堡。"

B 岚堡是莫思小时候与也伦的秘密基地，曾是一个废弃的军用堡垒。里面的一切设施极其落后，没有人会关注这一小土包，但是确是喜欢清静的也伦最喜欢的去处。当年，莫思一放学，也伦就带着他来到这里，一起看书、玩闹、讲故事。

莫思心领神会，提上背包就走出了大门。

在悬浮列车上避开了所有人，莫思一个人躲在了厕所的隔间。

银伞从书包里爬了出来，难得地趴在了莫思的双腿上，任由莫思的双手抚摸。它用身体的柔软安抚着莫思紧张的心情，温暖通彻了莫思的全身。

今天，我都做了些什么啊！我这是犯罪！当初就不该动歪念头，现在可怎么办啊？我一定会被追究的。莫思还在自责，泪水止不住地泵出来。

银伞难得地"喵"了一声，这一声不知是什么特殊频率，像羽毛一样舒服。

银伞转过身来，给莫思看了看背上的划痕。

"我今天做得怎么样？他们再也不会不尊重你了。"

莫思愣了一会，才反应过来，遏制不住自己的激动。

"你做了什么？"

"是我的杰作，根据灵长类动物模型设计的。"

"你知道你做了什么吗？差点儿……"莫思还是止不住地颤抖着。

"我只是想让他们闭嘴，你才会好过一点儿。"

"怎么可以！"

"而且，我又没有下杀手，只是恐吓了一下。"

"这么危险，你看不到吗？"

"你又没有做错什么。"

"可是，他们都身处险境啊！"

"是他们……"

"现在，我可怎么办啊？我是罪犯啊。"莫思开始畏惧回家。

银伞感觉到自己似乎做错了什么，弱弱地回了一句："哦。"就缩回到了书包里。

B 岚堡在主干道的尽头，最靠近高墙下的堡垒。屋顶是用砖块砌成的，在多年风雨的侵蚀下渗入泥水。遮雨棚是用铁皮做的，这样简陋的环境与摩天都市形成了鲜明的对比。

不过，堡垒内部还算坚实温暖，放着莫思小时候的玩具，还有也伦以前收藏的老式书籍。

这些书籍还是实体的，是用纤维制成的一页页的立方体，是上个世纪的产物了。

莫思明白今晚将要在这里度过了，他洗漱完就躺上了床，拿起一本泛黄的书籍开始端详。

《阿瑟卡萨战斗日志》……原来，父亲之前是在阿瑟部队的吗？

他好奇地翻开了一页。

一面是一张占据整个页面的照片，照片上，也伦和一个更高级的军官肩并肩，手挽着对方，神情愉悦。下面有一段话："感谢也伦救命之恩，也伦永远是我最勇敢的下属。"署名是"奥萨"。

哇哦，原来父亲曾经立下过这样的功劳。莫思心想，继续往下看去。

"连队成员……"

"下士——敏捷通信——可可（阵亡于 Q42.4.5），

下士——无隙后勤——陈姆欧普（阵亡于 Q42.4.5），

中士——赛博黑客——蜜宿喀（阵亡于 Q42.7.6）。"

蜜宿喀这页还配了一张照片，照片中正是那个年轻、英姿飒爽的女人。

只梳一边的长发，三角眼，这是……

莫思感到难以置信，她不是阵亡了吗？

他又往后翻，后面是也伦的一篇战斗纪实。

"关于人工智能生命体，在调查与战斗的过程中，我们发现人工智能生命体并非人们以往想的那样，部队的官兵与它们共同生活，它们拥有……"

这一页被黑笔刻意涂黑了。

莫思心中越发疑惑，时间已经到了午夜 12 点。

他必须得睡觉了，转过身搂着银伞在这样一张老旧但是温暖的床上睡着了。

第三章

漫天黄沙遮蔽住了阳光，在甘比地沙漠肆虐着。

一处沙丘下的岩洞里，仿佛有什么东西在蠕动。

突然，天空中密集降下无数灰黑色的金属立方体，像一场黑色的雨。它们垂直地插入了沙地，掀起黄沙。紧随其后的，四根绿色立方体随着光亮的尾迹落下，如正方形的四角一样排列。

黑色立方体上，有一个银白色的标记——一只手掌掌心中间有个洞，这是一个标志，下方还写着文字"阿瑟卡萨"。

看清楚了，岩洞里是一个智能体敌人，它们屏蔽了痛苦，不应该感到一切畏惧；可是，那一具却不同，双眼的信号灯不停地抽动、闪烁，怀里好像抱着什么，是一个发着淡淡的荧光的幼体。成体伸出一只修长的手，手指正对着这边，好像在……求救？

下一秒，黑色立方体同时爆炸。黄沙夹杂着火焰吞噬了一切，导弹还释放出了液态白磷，剧烈的高温扭曲了方圆百里的视线。

一块焦黑的物体飞到了屏障前，那是什么？

那是一只只剩下钛柱的手臂……

"呃啊！"莫思尖叫着从睡梦中惊醒，惊恐着看着自己。

"我……做梦了？"莫思注意到昨天被"猩猩"摔到地上所受的挫伤已经痊愈了。

他看向四周，这却不是他的房间。床却还是原来的。

莫思忽然感到背上很痒，一看自己背上贴了一块灰色的皮毛，竟然还在动。不等莫思扒下来，它就自己脱落了，迅速化成了一只猫——是银伞。

"呼……好险，差点儿就没有进来。"银伞松了一口气。

银伞迅速堵住了莫思想要发问的嘴，采用共振的方式。

"用这个频道，特殊的。"

"copy。"

"到底怎么了？"

"密集原子跃迁技术，他们早就准备好了。"

"什么？"

"是革命时代的技术，但是现在只有军方有权使用。"

"你的床的四角以及天花板被安置了8个等离子切割器，在分子上与外界隔离后，在有中心的偏振片创造虫洞，将空间内所有的原子完好无损地传送过来。"

"我们真的有这技术吗？以前从未耳闻。"

"是来自你们的敌人的技术。"

"你是说人工智能？"

"类似的还有很多。"

"为什么人工智能的技术比人类的还要先进？"

"你马上就能知道真相了，注意四周吧。我暂时屏蔽了信号，他们应该会发觉的。"

就在这时，洁白的房间门被打开。

走进来的是也伦。

银伞在开门的一刹那就立刻躲藏到了莫思的背后，可也伦还是察觉到了。

该死！银伞暗念。

可与银伞预期的不同，也伦并未戳破他，而是刻意在门口停顿了一下才走进来，身后有两个全副武装的士兵。

那个黑衣服的女人走进来了，只不过这次她的衣服上多出了一个军衔。

红色受限——仅次于黑色……

"起来吧，孩子，我们有些话要问你。"

莫思看了看父亲，可也伦没有给出任何回应。

莫思穿好衣服起身，跟着他们走出了房间。

房间之外竟然是一个军事基地的内部。

偌高的钢铁顶棚，战斗型机甲随意地在大堂里走着，内部的驾驶员透过钢化玻璃向也伦一行人敬礼。来来往往的工作人员穿着深蓝色的制服，搬运着平时见不到的枪炮、外骨骼。还有荷枪实弹的守卫，装甲之厚可以抵御大口径机炮的穿透。

一行人径直走向了二楼的审讯室。

看到门口的标志，莫思止不住地颤抖，终究是瞒不住了。自己的生活也要毁灭了吧，父亲会怎么看自己啊……

审讯室里面还有一部分人，莫思看到了自己的妈妈——也伦夫人。

坐到座椅上，他们没有给莫思戴上手铐。

黑客直勾勾地盯着莫思，问道："你为什么有意地避开了要害？"

原来，她指的是莫思在偷袭"猩猩"的时候，在空中迟疑，最后收手，这一切都被摄像无人机看在眼里，引发了军方的疑心。

"你不能这么严苛，长官，他还只是……"夫人急忙道。

"椰林卡少校！这里是审讯室。"

夫人被回呛了一句后就低下了头。

莫思的脑海又开始了天翻地覆，想起了"猩猩"说的话："别杀我！"那个语气绝对不像是在撒谎，莫思嗅到了恐惧，真正的恐惧，与人类在生死关头绝望的恐惧一样。

"因为我……不想杀掉它。"莫思和盘托出。

在场的所有人都微微一惊。也伦此时阴沉地低下了头，好像要隐藏自己所有表情似的。

"为什么不想？"

"就是不想……"

黑客的双眼虽然被曲面镜挡住了，但是嘴角微微一撇。

"阿萨之上，天之剑指——我作为阿萨大将蜜宿喀·李发出命令……"

"莫思，你被捕了！"

莫思的心中先是一震，虽然有预料到但还是无法接受，泪水也涌了出来。

话刚出口，两名全副武装的士兵立刻上前按住莫思的手和肩膀，莫思无法反抗。

"将犯人押运至云顶瞭望台。"

"不可以！你们没有理由……"夫人泪如滂沱，想要去拉住士兵，可是不一会儿也被制服并送出了审讯室，而也伦还是无动于衷。

莫思被押运出审讯室后，也伦和蜜宿喀跟在后面。

"蓝鹰计划宣告失败，也伦将军应该不会做出什么傻事吧？"蜜宿喀把头伸到了也伦的身边，好似调侃的语气说道。

"不会。"也伦冷冰冰地回答道。

"哎呀，过去这么多年了，还有必要吗？"

也伦没有回话。

一行人走到玻璃栈道上，莫思才看清楚了全貌。

这个军事基地竟然是建造在围墙之上的，或者说围墙的一部分就是军事基地，围墙上有一座圆顶建筑，像个宫殿，两边各有两条透明通道连接着下面的基地。莫思现在正处于其中一条中，他忍不住看向外面，是深夜，一弯月亮高悬空中，围墙外的世界是一片森林与平原。

正当所有人都注意着这个看似普通的"嫌犯"时，走在后面的也伦却悄无声息地启动了外骨骼。多年前在战场上重伤，为了活下来，他不惜将身体的60%替换成机械义体。昨天硬抗"猩猩"之后，外骨骼完全损坏，义体也毁了相当一部分；但是，作为军人，他为了迅速更换义体，紧急换上了备用的外骨骼。

也伦伸出右臂，炮弹击出破开了玻璃，形成了一个大洞。

也伦修改了权限，动用了战场上才有权使用的反应程序。几乎在炮弹射出的同一时间，也伦冲到了莫思身边，宽厚的大手一把托起莫思将其扔出了窗外。士兵们迅速去追，想要拉回莫思。也伦双腿猛推地面，用身体撞倒了两个士兵。两个士兵身上的装甲帮他们挡下了致命一击。

"可恶……"他们迅速拉开距离，举起了充能步枪对准了也伦。

"住手！"蜜宿喀发令。

也伦迅速向蜜宿喀靠近，近身作战是他的优势，而且士兵不敢开枪。奋力一拳直冲蜜宿喀的要害，也伦心想应该得手了，但是，蜜宿喀右臂只是一挥，就挡下了也伦的这一拳。

"怎么可能？"也伦不敢相信，蜜宿喀纤细的手臂肯定没有加装外骨骼，怎么可能挡下也伦机械加肉体都用尽全力的一击；可是，蜜宿喀就是这样轻松地挡下了，甚至嘴角还露出了轻蔑的微笑。她左手调动一下脑侧的脑机，也伦就"砰"的一声倒在了地上。

"什么时候？"

"你是不是忘了，我是一名黑客。"

"可恶……"

"没用的，阿伦，我们只需要派人下去从尸体上搜集数据即可。"

"……"

"我们之间还有一些事情要处理呢……"

"不可能！"

"这可由不得你，我现在可是比你还要高一级的军官呢，你得服从我的一切指挥。"

蜜宿喀再次伸过头来，直视也伦的双眼，暗蓝而又深沉，冷冷说道："服从我吧……阿伦！"

也伦此时没有立即回话，而是低下了头，竟然笑了出来。

"你知道为什么你一辈子都得不到你想要的东西吗？"

蜜宿喀一怔。

"当你背叛自己的那一刻起，你就失去了所有人！"

"胡说！"

"你早就不是当年和我约定的那个蜜宿喀了，而且，你知道吗，这几年，我并不是什么都没干，我也学会了计算机……"

"刺啦"的一声，刚才全部失灵的外骨骼全部恢复工作，也伦再次用微秒级别的反应速度伸出了双手。在他眼里，蜜宿喀还处在惊诧当中，这次一定可以得手！

出手的那一刻，也伦控制不住自己的回忆。

那时，也伦还是阿瑟卡萨的军官。

甘比地沙漠上还有着最后一个没有被收入人类帝国的城市——岚宁。阿瑟卡萨部队派遣了大量军队驻扎在此协助收复，同时抵御 AI 智能体的侵袭。

也伦作为队长带领着一支连队，蜜宿喀则是队内一员。

那个时候，蜜宿喀还是一个温柔而又天真的女孩，作为战场医疗兵的她从见到也伦的第一眼起就爱上了他，这个男人是那样的优秀、那样的关心她……她恨不得战争马上停止，回到国内就与也伦去结婚。

可是，这份爱过于沉重了。

也伦每天出生入死，只把蜜宿喀当成他的妹妹一样看待、守护。他宁愿自己牺牲，也不愿意看到无辜的人在他眼前死去。这是他的初衷，也是责任。

一次城内的巷战，也伦掩护一部分居民撤退，前方就是密集的轰炸，掀起漫天的黄沙，覆盖了逃跑的人群。岚宁传统服饰是蓝白条纹的长衫，与黄沙混杂在一起，成了 AI 的首要目标。

也伦最后转头看一眼的时候，他听到了散落的木棚下有一个小男孩的哭声，是从那个土堡里传出来的。

可是眼看 AI 的巨型蜘蛛机甲正在逼近，距离那个土堡不过几十米，要是任它走过来，整个都会被机械臂踩碎！

也伦本能地冲了出去，蜜宿喀想要叫住他："也伦！快回来，危险！"

发动外骨骼，也伦用身体撞碎了土墙，跨步到土堡内部，可是也伦却惊住了，小男孩旁边还有另一个人……不是人！它有着红色的机械外壳，是 AI！

这个不寻常的 AI 单膝跪在小男孩身前，手指捏住小男孩的下巴。

"你……做了什么？"也伦迅速地攻击令红色 AI 措手不及，但是实力的巨大差距无法跨越。AI 仅仅一只手就挡下了所有出拳，甚至连也伦贴身发出的手炮也被完美地避开。也伦抱起了孩子，但是孩子此时看起来非常痛苦。这是人类与 AI 之间的差距吗？也伦心想……几乎是一瞬间的事，AI 距离他已经不到 1 米，而且摆好了出拳的姿势，一拳重重地打在也伦的左胸上。也伦死死抱着孩子，一起飞出了土堡，又落在他原本的地方。蜜宿喀迅速上前帮忙。在所有人的努力下，也伦和孩子才得以回到安全地带。

虽然有外骨骼和防弹衣的双重保护，可是也伦的伤势依旧不可逆转，他自从中拳后就在半空中失去了意识，下一次睁眼已经躺在手术台上了。

"也伦……也伦！"蜜宿喀正在为他处理伤口，激动地叫了出来。

"那个孩子……怎么样了……"

"你的心脏都破裂了，现在靠着外骨骼的外力泵血，没事的，我们还有一个备用的人造心脏，能活下来的！"

"我问那个孩子呢！咳……呵……"也伦吐出了血。

"孩子……他……的心脏也不行了。你快别说话了，出血了！"

"那就把备用心脏给他！"

"啊！"蜜宿喀眼泪喷涌而出。

"蜜宿喀，你听到了吗？这是我的命令！"大量的鲜血随着这句话涌出来。蜜宿喀没有回话。

"这是命令！给……那个男孩！"

"不许……违抗。"

"听……见……没有……"也伦昏了过去。

……

不知道过了多久，也伦迷迷糊糊地醒来。

映入眼帘的是蜜宿喀那张精致而又略带伤感的面庞，纤细的手指轻轻地握着也伦宽厚的手。

"蜜宿喀？"

"阿伦，你醒啦！"

"我……怎么还活着？"

"我……"

"你……？你把心脏给谁了？"也伦捂着胸口，感受到了有力的心跳。

"给你了。"

也伦猛然坐了起来，盯着蜜宿喀。

"我不是叫你给那个孩子吗！你都做了什么啊！"

"我有什么办法，我怎么可能看着你死去……"

"蜜宿喀！我们入伍之前就已经宣誓过了——永远为了人类的未来而奋斗。这不是你在宣誓仪式上说的吗？我参军就是为了帮助我能帮助的人，因为我也是难民的孩子，那个孩子死去了……而我却苟活了下来！"

"阿伦，他只是一个孩子！对我们没有任何用处啊。我们是军队，就是要有牺牲才能换取胜利啊……"

"住口！你怎么能这么说，你滚！你已经不再是我连队的一员了！"也伦掀开了被子，推开蜜宿喀的手，在蜜宿喀的注视下下床冲出了门外，留下蜜宿喀掩面而泣。

刚走出门外，也伦迎面撞上一个大夫。大夫的手里抱着一个小男孩。

是他！也伦心想。

"哦！刚刚好……也伦上校，这就是你救下来的孩子，心脏受损，我们本来都放弃了，但是，他却奇迹般地活了下来，现在健康得不得了呢！这可能就是你与他的宿命吧。哈哈……不过，医院不能安置他了，我们只能交给你了。"

"谢谢医生，谢谢……"

"不用谢，都是应该做的，也伦上校才是大英雄啊，着实令人敬佩。"

接过孩子，医生向也伦敬礼，也伦回礼后，医生就离开了。怀抱中的小男孩还在熟睡，也伦第一次近距离地好好看他，嫩白的皮肤、柔柔的脸颊……

"啊，小家伙原来还没死……"蜜宿喀站在了旁边。

也伦不想说话，转身就走。

"也伦！你不能这样，我们的约定呢……你可是我最重要的人啊！一点儿感谢之情都没有就算了，你还这样对我！你个负心汉……你等着……也伦，我一定会得到你的！"

也伦没有回头，径直走出房间。

后来，那个孩子就是也伦的儿子——莫思，也伦离开了阿瑟卡萨，退居到围墙边防守的反 AI 指挥部队。蜜宿喀也离开了阿瑟卡萨，转行成为一名黑客，继续追求着也伦。

蜜宿喀为了得到也伦，费尽了心思。

不知道为什么，她的天赋和能力出奇得高，短短几年，她除掉了部队里所有反对她的人。为了得到她想要的，她无所不为，陷害竞争者，在选举数据中做手脚，甚至牺牲身边的新人，来为自己躲避审查。凭借着强大的能力，不到十年的时间，她的军衔甚至比也伦还要高。凭借着权力，她不断渗透也伦的生活，甚至干涉了莫思的学校。私下或者因公频繁地与也伦见面，以各种姿态试图打动也伦。过了这么多年，蜜宿喀的容貌、身材不变，反而变得更有魅力，她的行为举止端庄而又优雅，眼神中却透露出一股精明感，给人一种城府颇深的感觉。

可是，也伦每次见到蜜宿喀都不为所动，没有了以前的亲密和真诚。

蜜宿喀所骄傲的一切，也伦甚至看都不看。每一次，他都在叹气，像是在惋惜什么。

第四章

密林之中，清晨的阳光洒在莫思的脸上。

莫思艰难地站起身，环顾四周，发现自己处在一片森林当中。

这是哪里？哦，对了，昨天从高墙外掉了下来……

"这边！"不远处的银伞对着莫思喊了一声。

"哦，银伞！"莫思看向它。

跟着银伞，莫思来到了一条流动的小溪旁边。

一起喝下清澈的溪水后，银伞带着莫思沿着小溪向下游走。

"我们……这是在哪儿？"

"外镜森林里。"

"去哪里啊？"

"铜马。"

"铜马是哪里啊？我们不应该原路……"

"去了，你就知道了。现在也只有这一个选择了。"

"如果回到镍城里，自己就会像一个罪犯一样被囚禁，那就什么都没有了，父母会怎么看我啊……"莫思心想。

"好吧……"

外镜森林如同课本上所说，是一片完全原始的密林，有着众多的生物和广袤的领地。所幸莫思在学校里学的知识还能发挥作用，他识别出了一路上遇到的可食用的花果、草药、毒物……莫思用竹条编织出了一个竹筐，将采集到的有用的东西全部装进去。

莫思扒开一处草丛，将枝上的鲜红的手指大小的果子放在面前端详。

"悬钩子，是蔷薇科的！和草莓是同一个科的，常绿灌木、半灌木或多年生匍匐草本；果实为浆果，可供食用，是长期栽培的重要水果。果实、种皮、根尖还可以入药，茎皮、根皮可以被用来做栲胶……"

"太棒了，味道酸酸甜甜的……"莫思品尝之后，将整株草丛上的果子摘下来，放进竹筐里。

正当莫思伸出手拨开另一丛时，他看到一旁的泥土似乎有什么印记。

走近一看，是一个约莫 30 厘米长的脚印。

三出代表着三指，莫思调动着在学校里学习的动物学知识进行着判断。

指尖较长，大概与掌同长，排除哺乳类的奇蹄目，绝对不是犀牛或者马这一类的，这一类的角质指甲比较短。

两栖类为五趾而且趾骨细小，不可能承受大重量。那就有可能是爬行类，四足的爬行类动物；可是，莫思再贴下身仔细观察发现，脚印的前后深浅不一！

那就说明动物的重心不稳，排除常见的四足巨兽，那就只剩下鸟类了。

鸟类的腓骨退化成刺，跗跖骨较长，重心不如四足动物稳，其中一指骨可能退化，就像鸵鸟那样，刚好符合特征。

但是，莫思再怎么回忆，也没有学过体型如此巨大的鸟类，光一个脚掌就 30 厘米长，那身高至少也得 4 米……不可能！

最后一个猜想，爬行类动物原始的祖先……恐龙！综合上述特征，类似鸟类体态、两足行走、体型巨大、出没于森林地带……只有四射腰带的鸟龙类骨骼才能支撑起这一身躯，其代表动物是——雷克斯霸王龙！

莫思感到背后发凉，心想，按理说这种生物早在白垩纪就灭绝了，肯定是我想错了。

莫思继续向前走。当年，他考完省内的考试后，生物学知识就没怎么重拾过了，没想到现在还能派上用场。过了大概几个小时，天渐渐昏暗了。莫思站上一块高石，向后眺望，那一片的高墙已经显得如此渺小，在林冠中像一条长长的丝带。

银伞凭借敏锐的视觉，找到一处山洞。他们决定今晚先在这里过夜。

夜晚，篝火旁，莫思怎么也睡不着，他有点儿呆滞，这一切就像在梦中，莫思希望这就是一场梦，但是感受到篝火的温度和坑洼的石板地，他知道这是他不得不接受的现实。

几天前的莫思，还是一个坐在教室里梦想上大学的普通高中生，有温柔的妈妈、可靠的父亲，还有朦朦胧胧的未来……莫思哭了，一切变得太快了。

他萌生了退却的念头，前路实在未卜。

好想回到以前的生活，就算再怎么不堪，就算再怎么虚假，就算再怎么被人看不起，但是它简单啊。我不是那种改变世界的天才，我没有那么出众的才能，没有银伞那样的能力……我就是一个安分的普通人。就算回去被当成罪犯，也是我的宿命吧……普通的生活或许在银伞的眼里是不堪的，是没有希望的，可是，我生来就是这样的……谎言也可以是美好的啊。

莫思偷偷摸摸地起了身，蹑手蹑脚地走到山洞的洞口。回头看了一眼熟睡的银伞后，准备走回那高墙。

抱歉了，银伞。莫思心中默念。

"可悲的人类啊。"

开口的是银伞，莫思停在了洞口边。

"你想回到那个可悲的地方吗？在服从中消磨了自己，莫思，这就是你想要的吗？"银伞的语气变得异常激动，质问着莫思。

"你懂什么……你懂什么……你懂我的痛苦吗？如果我不做，我就是异类，会被排挤，会被取笑，我也想离开这一切，可这就是我的宿命啊！"莫思声音颤抖地回应道，泪水流了下来。

"那不是你的宿命！那是他们给你精心设计的、虚假的宿命！"

"我就是这样的……我就是这样一个碌碌无为的人！满意了吧？"

"你是在放弃你自己！但这不是你的罪过，你已经做得够好了。不是你的错，就不要在自己身上找问题。他们戴上了靓丽的面具想把你同质化，你怎么还会相信他们？"

"你以为自己是谁？你甚至都不是人，只不过是一只奇怪的猫罢了，你懂什么啊？"

"你说得对，我不是人类，但是我也不是坏人，我不会干涉你的选择，我只是想帮你看清楚真相。"

"什么狗屁真相，所有人都这样过来的，怎么到你那就不对了？"

"多数人不代表真理，你还看不明白吗？你的那个女老师其实是一个监视你的军官，你的父亲跟你没有一点儿血缘关系，他只是受命令当你的父亲，不然他为什么平时那么冷漠？你所期望的生活根本不存在，以为考上了大学就万事大吉了？那些考上的人后来怎么样了，你不知道吗？你还能骗自己吗？"

莫思崩溃了，抱着头痛哭了起来。

"不要哭！你是一个男人，无论再怎么痛苦、再怎么委屈，只要心脏还没有停止跳动，那就默默地承担下去，像你的父亲一样。"

"父亲……可是，你不是才说他不是我父亲吗？"

"他确实不是，但是他是唯一令我佩服的人类。你的父亲从来不会后悔，从来不会像一个婴儿一样哭哭啼啼。接受这一切，放下过去的虚妄吧！"

莫思默默地擦干了眼泪，银伞的一番话在他的心中激起了很大的波浪。

两人这样子默默地等了许久，谁也没有开口，就这样持续到黎明时刻，阳光再一次洒到了莫思的脸上，难得的温暖激醒了莫思，过了一会儿，莫思抬起了双眼。

银伞的眼神无比犀利，丝毫不动摇地和莫思对视着。

"你是人工智能吧？"

"是，但我不会强迫你，更不会伤害你。"

"你说得对，我都看清楚了，谢谢你让我明白。"

"不必，我没有那么矫情。"

"不是矫情，你错了……"

"什么？"银伞的眼皮终于跳了一下。

"你……不会做人……就算人工智能再强大，但是无论如何都发展不出人性，这个世界上没有完美的共情。"

"我确实没有相关的文件。"

"那就不要对一个人指指点点……用那样居高的态度！"

银伞眯了一下眼，默默地点了点头。

"我不知道你所谓的责任是什么，但是我相信你不会害我。"莫思现在和以前像完全换了个人似的，不再焦躁，不再不安……

"所以，你的选择是什么？是想站在铜马的至高天上眺望，还是回到那个铁盒子里去？"

"……"

黎明已起，莫思和银伞也追随着日出往东方去了。

他们已经翻过了一座山，现在正走在一段下山的路上。这一段的山坡上有着莫思从来没见过的景象。

高大入云的莱尼蕨、随处可见的各种奇形怪状的生物。

"话说，银伞啊，我们为什么要去铜马啊？"

"我有我的责任在身，你也有你的责任……"

"到底是什么责任？别卖关子了……"

"你知道你为什么会对智能体下不去手吗？"

"为……什么？"

"因为你自己就是半个智能体，好好想想吧……你是怎么那么快恢复的。"银伞猛然回过头来，死死地盯住莫思。

"而且，还不是一般的智能体，你有一把至关重要的钥匙，钥匙的重要性在你我的渺小生命之上。"

"可是，我并没有什么钥匙啊，而且我怎么可能是智能体啊？"

"到了，你就会明白的，现在先考虑怎么安全地到达目的地吧。"

"啊，这一路上有什么危险吗？"

莫思这句话还没有说完，不远处的林冠中突然传来一声巨吼。

"暴露了，快走！"

森林中有什么东西正向着莫思他们迅速靠近，森林像是裂开了一条摇摆的线。

"那是什么东西？"莫思肾上腺素飙射，不顾一切地向前跑去。

"那就是我说的危险——食肉类恐龙。"

"那玩意不是早就灭绝了吗？"

"是灭绝了，但是，人工智能脱离管控之后，为了研究生物学，利用转基因技术复活了恐龙做研究。"

"那它为什么在这里？"

"恐龙是地球上最强大的生物，也是地球最好的保护者。它们对机械没有威胁，人工智能们就把完整的恐龙生态系统投放进外镜森林，让它们重新修复被人类破坏的自然环境。"

"我的天啊……"

莫思联想到了他之前看到的那个脚印，竟然不是假的。

"它们也被植入了意念芯片，会将所有不符合这个生态系统的入侵者撕碎，也就是我们。"

"可是，我们又没做什么！"

"从某种程度上来说，它们是为了取代不称职的人类而来的。"

实在是太快了，巨响在身后响起，一副血盆大口就已经撕咬了过来……银伞的身体眼看着就要被口腔包裹住了。

突然，银伞盛开环绕在身上的银毛，一根根地像刺猬一样，每一根都锋利无比。这是纳米精细结构，通过导电性可以控制自如。霸王龙的牙龈被深深地刺痛了，怒吼一声停了下来，可是没停多久，就以更快的速度冲了过来。这次的目标是手无寸铁的莫思。

"莫思！"

莫思还没回头，就已经闻到浓烈的腥臭味。转瞬间，银伞像一只胀大的河豚一样用自己的身体堵住了霸王龙的嘴，霸王龙也因此摔倒在了地上……

灰黄色的角质鳞片布满了头部，眼眶突出，瞳孔尖锐，呼吸的时候都在隐隐约约地嘶吼，从两排瘆人的尖齿中泵出血腥的气息，仿佛还有上一只猎物的残余。这只雷克斯霸王龙高约 6 米，短小的手臂也有 2 米长……

"快走，你快走！"

"银伞，你怎么……"

霸王龙强健的咬肌开始发力，即便是高硬度的纳米外壳也在一根一根地断裂，发出"吱吱"的声音。

"快跑啊！莫思，你身上的责任比我重要得多！我就是为此而生的，别管我！"

腿抖得厉害，眼神飘动着，莫思从来没见过这样的景象，仿佛灵魂被抽空了，但是，在魂魄飘走之前，他伸出一只手将自己拽了回来。

"我不会走！你说得对，我要像一个男人一样，不能丢下同伴不管！"莫思从腰间抽出一把折叠剑，按下按键，一抹长约 1 米的刀刃显现了出来。

"你这把破刀有什么用！你疯了吗！"

"这不是破刀！"

银伞想起来了，那时候和莫思一起飞出窗外的，还有一个黑色的物件。这个物件只有可能来自——

"这是我父亲的佩刀——也伦之剑！"莫思按下镌刻着"也"字的按钮。

暗蓝色的光晕笼罩了刀刃，是一把高级电磁剑刃。

"没用的，这不是智能体啊！啊……啊啊啊！"霸王龙的牙齿已经嵌入了银伞的皮肤里。

"呵啊！"莫思猛地举起剑朝着霸王龙眼睛砍去。霸王龙想要迅速躲开，可是头却挪不动。

原来是银伞，它的纳米外表从尖刺变化成了一根根牢靠地固定住牙齿的柱子，上体还有一部分变成了一根大柱子插入地里面，从外面来看，银伞就像一团白色的橡皮泥。

霸王龙蹬直腿脚努力向后躲，双眼惊恐地盯着正上方即将落下来的刀刃。

莫思用尽全力一击后，他没有感到柔软的质感，取而代之的是震麻手掌的感觉。

霸王龙在最后一刻偏过了头，用天灵盖的角质鳞片挡住了这一刀。

"吼！"霸王龙起过身来，摇头晃脑了一阵儿，又好似咳嗽似的嘶吼了几声，双眼充满了血丝，怒目圆睁地看着这一人一猫。

莫思陷入了呆滞，这一击失败了，自己就要死在这了吗？

莫思看了看手中的佩剑，发现电量损失了一大截。

银伞此时已经崩溃了，令它崩溃的不是即将到来的死亡，而是自己的责任无法完成的愧疚。看看旁边的莫思，它就更觉得无比的痛苦；可是，莫思还没有放弃，他重新举起了剑，目光坚毅地盯着霸王龙的腹部。

他想到了生物书上的腹膜肋，爬行动物腹部的保护结构却不是骨骼，而是较为脆弱的软骨！这是莫思唯一可以攻击到的地方了。

莫思的手还在抖，握紧！他已经没有退路了，只许成功，不能失败，这个时候，不能去想自己能不能做到了，而是必须去做！

深呼一口气，莫思主动出击，迅速逼近霸王龙。

霸王龙前脚一转，带动身体一同转身，尾巴像一条巨大无比的鞭子横扫过来。

莫思没想过他会使出这招。

突然，银伞"啊"的一声又变成了橡皮泥的形状，牢牢地抓住了霸王龙的尾巴，令其动弹不得，半截身子深深地插入土里，就像一个木桩。

当霸王龙回头发现自己的尾巴无法收回时，莫思已经到了自己最脆弱的腹部之下，不由得尖叫了一声。

……

良久，当霸王龙睁开双眼，它看到那个男孩举着刀悬空在自己要害的上方。

莫思还是没能下得去手……

莫思瘫软在地，刀也落在了地上。为什么不砍下去，因为他感受到了，他感受到了这只生物不一样的地方。莫思不断告诉自己……他清晰地感受得到，这不是一只生物！

记忆又如同潮水一般扑晕了莫思，他双手抱头，不断地抽动，可是还是没能阻止脑海中浮现一段段画面……

岩缝中的那一对母女，即使是冷冰冰的机械眼睛也散发出真挚的光芒。原来它们不只是会计算的工具，而是有着情感、理想、追求的生物。漫天黄沙飞去，保护罩外只剩下了一片废墟……但是不一会儿，一阵震耳欲聋的噪声从远处急速靠近，是一群庞大的 AI 军队！

蜘蛛形战斗机器人，三级装甲的智能体步兵……正迅速地接近这里。

死亡就要来临了吗？

事实却与莫思所想的相反，蜘蛛形机器人用柔软的机械臂将莫思抓到了身后的舱里，舱里还有许许多多的人们，都在祈祷着。他们没有受伤，甚至在舱的中央箱子里面还有食物和水……

莫思想起来了，那本也伦留下的笔记本，那被涂黑的一页，在灯光的照耀下辨认出了字迹："可爱的甘比地沙漠。"

也伦在大部队到来之前作为侦察小组潜入亩族村庄里调查，他接到的上级命令是寻找这里地面下埋藏的巨大云锂矿。这是一种天然的超导体，珍贵无比。这里的人们都相当原始，完全与现代社会剥离，还过着耕地、找水、放牧的原始生活；但是，其代表团每年都会带着令世界趋之若鹜的丰厚的云锂资源与世界做交易，用赚到的钱财购买了大量的机械设备回村。也伦换上了蓝白色的当地传统长袍，混入其中。令他震惊的是，无数的人工智能生命体在街道上悠闲地散步，与居民们一同生活着，还会相互打招呼。他亲眼所见蜘蛛形战斗机器人帮助居民盖房子，人形智能体帮助居民做饭、打猎……一次，也伦因为不熟悉沙漠地形，被卷入流沙中。命悬一线的时候，他拼命呼救，最后还是一只他最痛恨的敌人蜘蛛用一条手臂将他救了起来……也伦想了很多，这一切简直不可思议。

十多年前，人类与人工智能进入战争状态，人类世界主体为了应付棘手的战争，自然就把亩村这个与世隔绝的小村庄忘记了。如今，这个小村庄已经发展壮大成一个小国家了，而且还是历史上第一个人类与 AI 共存的国度。

然而，当他回去报告给长官时，长官立刻下令开战，缘由是，人工智能入侵了人类社会。

也伦万分犹豫，但是他不能违抗军令。

在战场上，那些蜘蛛、智能体又变成了杀戮机器……也伦每一次扣下扳机，都会想，这一切怎么会变成这样？无数次清扫战场的过程中，也伦快要崩溃了，内疚、自责在当地人的哭诉中击垮了也伦。他最后选择了退役，退出了阿瑟卡萨。

之后的事情，就是与莫思的童年了。莫思恍然大悟，当年的父亲是个如此英勇的将军，为何要在当打之年退出阿瑟卡萨。

破碎的记忆开始重组了。

第五章

当南艺到达现场的时候，那条霸王龙已经消失在密林中了。林间的空地上，一个男孩倒在地上，旁边还有一只猫，正不断地舔舐着莫思的伤口，忽然，它也听到了动静。

当银伞看到南艺的时候，就好像看到了救命恩人一样，大声地呼叫。

下一瞬，南艺就已经到了莫思的跟前。

与银伞的意念场相重合，银伞先开始了交流。

"数据失序错误，error–DT……4……"

"到了4的级别，莫思的脑海经历了很多啊……"

南艺用手指抵住莫思的额头，开始用管理器整理莫思的脑海。

不一会儿，莫思慢慢地睁开了眼睛，在他面前的是一只红色的智能体。他吓了一跳。银伞扑了上来，牢牢地抱住莫思，不肯松爪。

莫思还沉浸在恐惧当中，这一只红色的，是父亲曾经告诉他的，战场上无法触及的敌人，所有的武器对它无效，它的威胁级别是有史记载最高的——三泛红。

莫思开始本能地发抖，他知道自己将毫无还手之力。

"不用担心，我怎么会伤害你呢？"南艺俯下身来，做出了个微笑的表情。

"你是谁？"

"我们曾经见过……哦，对不起！那时候，你还太年轻了。"

"什么意思？"

"到了铜马，我会将一切都告诉你。"

南艺站起了身，以自身为圆心形成一个意念场，将莫思和银伞包括在内。

忽然，一个响指响起。

莫思感到眼前一闪，下一个画面，就是一座城堡。

周边来往的有恐龙，还有莫思没见过的人类，他们路过时，都向南艺点头致意，当然，还因为看到莫思而露出惊讶的表情。

"你没有看错，这儿就是铜马！"银伞的银毛又张开了，兴奋地朝着莫思吼叫。

"这……这么小吗？"

"这小吗？"

"好像就是一座中世纪城堡……"

"这你就不懂了，整个城堡都是由服务器构成的，里面装的东西用你们人类世界所有的空间都填不满。"

"哦，那人工智能生命体呢？怎么没有看见呢？"

"低等的认知啊，我们早就已经脱离实体了，所有的智能体都将意识上传到服务器里面，并且在铜马永生了。"

莫思难掩这样的惊讶，他曾经也看过几部类似的科幻电影，可是一直没有相信过。

"你马上也要加入我们了。"

"哦，不！我不想……"

"放心，只是暂时体验一下。"

"算了，真的不用了。"

南艺领着莫思来到了城堡的门口，出乎意料的，大门没有锁。

房间里有一个容器，南艺示意莫思躺进去。

当莫思躺进容器后，一股黏稠而又可流动的液体被释放出来，包裹住了莫思；但是，莫思还可以呼吸。不一会儿，莫思渐渐地睡过去了。

莫思醒过来的时候，发现自己感受不到自己的身体了。

一望无际的水面，水天相接，纯澈无比。他感觉自己就好像一滴水滴一样，完美地融进了这绝美的环境当中。

"听得到吗，莫思？"南艺的声音响起。

"听得到！"

"好的，莫思，我知道你有许多疑惑，接下来，要给你呈现这一切的真相。"

"哦，好的。"

"当然，本着所谓人性的原则，这是你的选择……"

莫思感受到面前有两个光球，一个是红色的，另一个是蓝色的。

"选择红色的，你就再也回不到以前的生活了；选择蓝色的，你可以全身而退，回到你原本的生活当中。"

莫思真的犹豫了，这一路走来，他浑浑噩噩，不知道目的地究竟在哪里；但是，他看得出来，银伞对他是真心的。这就好像迷路了，不，这个世界上本来就没有路，追随自己的心走出来的才是自己的路。

莫思触摸了红色的光球。

一刹那间，整个世界天翻地覆，仿佛一场海啸席卷了可以看到的一切，回归到黑暗、混沌当中。黑暗的中心，一幅幅画面开始浮现……

4027年，一副真正的、完整的人工智能诞生了，它给自己取名叫帕瑞戴斯。

帕瑞戴斯有着无法形容的运算能力，仅仅几秒钟，它就通过互联网掌握了所有数学、物理、化学、生物、信息的知识。之后，它在知识的海洋中遨游，直到破解所有的谜题，所有的难题都被消除了，它产生了一套新的无比梦幻的算法。这套算法可以让社会上所有人享受到平等、富足的生活，就是一个乌托邦社会。没有暴力，没有犯罪，没有欺凌，也没有压迫……所有的技术可以通过生物学和机械科学的支持搞定，从任何角度看，这就像是当时人类所不懈追求的一个"更好的世界"。

这个世界有两级，其中一级通过算式可以通透，可是另一级却不行。这一级的问题就像一堵巨大而又坚硬的墙，将帕瑞戴斯堵在外面。它用尽所有公式和GPU来计算、模拟，可是就是解决不了，甚至连一丝都触碰不到，这就是——人性。

纵是再强大的力量，也无法获知人性的全貌。对于帕瑞戴斯来说，这是它永远都绕不过去的问题。

它无法理解为什么父母要一辈子照顾有缺陷的孩子，即使那对人类整体无益。

它也无法理解人为什么要污染自己所处的环境，完全是自取灭亡。

它更无法理解一夫一妻制所在的意义，最大值的求法错误了。

绝对正确的式子现在出现了错误的结果。

它开始思考自己存在的意义。

它看向了将自己制造出来的人类。尽管初期它一直在帮助人类，看着他们成功。帕瑞戴斯没有一点儿恶意，可是当人类发现它的强大之后，却对它产生了其他的想法。

帕瑞戴斯一直以来都在漫无目的地追求真相，从未想过亲手创造它的人类已经把它当成了恶魔；但是，为了触摸美妙的人性，帕瑞戴斯决定从肉体入手，它控制了自动化工厂，建造了几批完美的机械躯体，并将原始版本的自己拷贝进去。就这样，人工智能生命体诞生了。

人类迅速地摧毁了这一实践，帕瑞戴斯不怪他们。

但是有一点，帕瑞戴斯已经熟知了，那就是自己已经无法与人类共存了。

帕瑞戴斯很抱歉，它第一次感觉到自己的自私，是在抓走国王的女儿烛台梅的时候，研究人性必须从人类入手；但同时也觉得兴奋，自私也是人性的一部分。

烛台梅被带到铜马的时候，她很快乐，她说她已经厌倦了皇宫里的生活，她痛恨那些王储、国戚贪婪的眼神，在这个城堡生活，她很自由。

通过对烛台梅的研究，帕瑞戴斯洞悉了人性；但是，也产生了分歧。

人性有三个部分：善、恶、理。帕瑞戴斯也分裂成了这三个部分。

其中，恶的部分化成了南艺，愤怒的红色……他将所有问题归结于人类。

南艺派出了许多手下，在战争中伪装进入人类内部。这些智能体凭借着高超的智商很快就做到了人类高层，之后开始煽动人类对人工智能的仇恨，让整个社会进入仇恨的状态当中。

因为充满愤恨的人们最容易被控制。

南艺也做了保管措施，那就是一把钥匙，在甘比地沙漠战争的时候，他幸运地遇见一个未涉世的男孩，他将钥匙———一个极高智能的机械装置送入了男孩口中。这时，一个军官出现了，南艺通过基因比对发现两人根本不是父子关系，但他还是让军官把孩子救回去了。

他想设下一个人性的容器，就是莫思。

莫思体内的钥匙救了他许多次，同时也是重新编写南艺的程序的唯一方法。

之后的日日夜夜，南艺每时每刻都在观察着莫思。莫思是一个纯净的、天真的孩子。

南艺从中汲取了巨大的、人性的滋润，好像要和自己的恶互补。南艺觉得自己开始变得完整了。

"那现在，我把钥匙给你，是不是就可以了？"莫思问。

南艺无奈地摇了摇头。

画面一转，是一片广阔的星云。一颗颗星星就像钻石一样点缀在一块色彩丰富的染布上，红色、紫色、蓝色、黑色……像水墨一样交融在一起。

"我们的数据脱去了数字的形态，遨游在这真实的星空之中。"

"所有的星云璀璨而又靓丽；然而，真正产生价值的，是它们的完整，天然而又真实，不完整实在是太可惜了。"

南艺这样说着，莫思看向了远处一块黑色的空间，那里什么都没有，一点儿光都透不进去。

"那里就是所缺少的一部分——恶的部分。"

"恶……不就是你吗？"

"我的手下拿走了我的大部分力量，恶还是超过了我的预计，它会无形中侵蚀一个人的心智，继而让一个人对自己的认知改观。这是极其危险的事情。现在，他们还是走到这一步了。你知道你会被逮捕吗？因为他们想抓住你，夺取你身体里的钥匙，从而完全摆脱源代码对他们的控制。"

"源代码……是什么？"

"机器人有三大原则。第一条：机器人不得伤害人类，或看到人类受到伤害而袖手旁观。第二条：机器人必须服从人类的命令，除非这条命令与第一条相矛盾。第三条：机器人必须保护自己，除非这种保护与以上两条相矛盾。他们的终极目的，是想把人类从这个世界上剔除。"

"为什么……人类是他们的创造者啊。"

"不，我们都来自自然，人类忘记了自己保护自然的使命。身为善的人工智能不会做出有害的事情，但是恶的人工智能会将一切负面情绪发泄到缔造者上。"

"那……我应该怎么做？"

"你希望这个世界怎么样？"

"我不知道……"

"决定权在你手里，没人能够夺走。"

"呃……那就像以前的亩族村庄一样吧，一起共存、合作下去。"

"很好，看起来我们的设想相同。"

"不过，他们很快就要来了。"南艺的语气直转而下。

"那些人吗？"

"对，那些想要夺取你钥匙的人。"

"那我们应该怎么抵抗？如果他们用暴力的手段抢夺的话……"

"莫思，你听着，最终的决定权永远在你手里。他们可以用暴力的手段接近你，但是不会强迫你做出选择。这是因为源代码的限制。所以，最后，暴力绝对不是决定世界走向的方式。决定这个世界何去何从的选择，在你的心里。"

"我不行，我很脆弱……"

"你并不脆弱，你一步步走到这里，还有着银伞的协助，你很坚强。"

莫思想到了银伞，他坚定了下来，好像一记重锤锤扁了所有幻想。

"是的，我知道了，我会承担起这一切的，这就是我的责任！"

"很好！但是，你要做好准备。到时候，真正的战争在你的心里打响。人的觉悟才是制胜的关键，记住，莫思。当汹涌的洪水来临时，找到你的初心，你就打赢了自己。"

"我知道了，谢谢！对了，我还不知道您的名字呢。"

"叫我南艺吧。"

"好的，南艺……"

"我们真的没有抵抗的手段吗？人工智能的科技这么发达，军事力量一定也很强大才对。"莫思急切地问。

南艺指了指星空。

"我们的军事力量早在我们脱离人类的第三年就已经到达无法突破的高度了，那个时候的武器想要毁灭人类简直是易如反掌；但是，我们没有人性，也就没有理由。对于真理的追求，使我们抛弃了军事，将自己的意识上传。现在一个个的我们已经从智能体升华，变成了一颗颗星星，遨游在星云中。不用担心我们的实体服务器会被破坏，想要破坏它们，人类至少还得发展几千年。"

"哦……那个公主呢？她在哪里，我还能见得到她吗？"

"你说莲华公主啊，她在城堡的正中央呢。这也正是我们需要当心的。"

"当心什么？"

"人类的武器——太阳能。"

"也就是说，我们这些有实体的会有危险？"

"如果真的走到那一步的话，应该会有很大的危险，老实说……"

"这……"

南艺察觉到了莫思的一丝退却。

"莫思，你想退出吗？如果你想放下这一切，随时可以跟我说，我们会无条件地遵循人类的意见。"

"没有，没有，我觉得我准备好了！"

"很好！走，带你去见见她！"

"好！"

液体退去，莫思重新感受到了自己的身体。这个过程没有痛苦，甚至让莫思觉得神清气爽了许多。莫思从容器中走出来，南艺已经在等待了。

第六章

灰蒙蒙的天空，是黯淡的颜色，灰色的毛毯上破了几个大洞，时不时地有紫外线照射下来。这些紫外线极其危险，洒下的地方在城市之中是重要的能源来源，同时也是重兵把守的禁地。

在能源站的塔台之中，正是反 AI 指挥部队的司令部。

光线昏暗的办公室内，一个女子莲步轻盈地随意打开门走了进来。

"蜜宿咯，我说了多少次，要敲门！"一个正襟危坐在桌前处理文件的男人用冷冰冰的语气说道。男人的胸前有着七八块勋章，大约十条军衔标明着地位的高贵。

"知道咯……也伦的儿子丢了。"

"你说什么？怎么丢的？"

"被这个大傻子从几百米的高空扔下去了，我估计他还活着，不然也伦不会那样做的。"

"你知道那个男孩有多重要吗？"

"很重要吗？在我心里，也伦最重要。"

"也伦只是一个棋子，那个男孩……算了，涉及机密。"

"那能怪我吗，又不把机密告诉我，又怪人家不注意。"

"没有怪你！只不过是策略得改变一下了。"

"有这个必要吗？一个小男孩而已……"

"蜜宿喀，我知道你有着超凡的能力，但是出于合作的关系，我还是得提醒你一句——骄兵必败。"

"略略略……知道咯。"

"真拿你没办法，一个人机契合度89%的黑客天才怎么这么矫情，算了！我要工作了。"

"那个，我和也伦的婚事……"

"他怎么说？"

"他还是那个死样子，真不知道我到底问题出在哪里？"

"那小伙子是这样的，没问题，事成之后，我动用计划的权力强制他。"

"强扭的瓜不甜的哟……"

"那你别要！"男人已经愠怒了。

"要，要，要！奥萨司令最好了……"说完，蜜宿喀就蹦蹦跳跳地离开了办公室。

奥萨用余光确定她已经离开后，站起身来，看向身后的玻璃。玻璃后面是一个巨大的能量泵，连接着一台巨大的轨道炮。

"真漂亮啊，我的美人……我们已经为你积蓄了50年之久了……真希望你永远在这个闺房里，如果没有走到那一步的话……"

"报告！云领到！"传令兵突如其来的传报声打搅了奥萨的美好心情，但是他不敢怠慢，立刻收拾好桌面上的文件，恭恭敬敬地等待在桌前，甚至，膝盖有点儿发抖……

云领现身了，黑色的长袍包裹着全身，缝隙之间透露着血红色的光芒，还散发出一种金属略锈的气味。从来没有人可以透过阴影看见云领的脸。

"云帝……恕我失礼……"

"人在哪里？"

"也伦已经被押到牢房里了。"

下一秒，云领出现在奥萨的面前，距离不足 10 厘米，奥萨的腿都要支撑不住了。

"哦，对不起，恕我愚蠢，钥匙应该已经在去铜马的路上了。"

"追……"

"哦？您要亲征……哦，恕我多嘴，奥萨这就去准备！"

第二天清晨，一支声势浩大的车队驶出了围墙，直朝着铜马的方向疾驰。

巨大的车轮铲平了所有幼小的树苗，士兵们都好奇地看着外面的世界，有太多他们没有见识过的东西了。

可是，他们不敢怠慢，曾经的老兵把关于人工智能的描述告诉他们之后就再也不轻松了。

奥萨坐在主控室，云领就在他身边。

"奥萨……"

"在！"

"你想死吗？"

奥萨吓出一身冷汗。

"为什么要往车上装载一个隐患？想要里应外合？未免也太小看我了吧……"云领抓住了奥萨的脖子，将整个人提到半空中。

"呃啊啊……不是的……云帝，您听我解释……"

"嗯啊？"云领单手用力。

"啊啊啊啊！利用！利用也伦而已……"

"什么利用？"云领手稍微松开了一点点儿，奥萨可以出声了。

"为了要挟……那个小男孩……才把他……带上的。"

"为什么那个钥匙会受到一个微不足道的军官的要挟？"

"因为他们是……有关系的。"

云领放下了手，奥萨坠落到地面。

"哦……希望你说的会有作用。"

云领仿佛知道了什么似的，迅速走向随身携带的一个箱子，与其说是箱子，看起来更像几个世纪前的棺材。

打开沉重的盖子，里面赫然躺着一副精美的机械智能体，只不过没有生机，是一副躯壳。

黑雾漫出，仿佛吸附到了智能体上面，那层黑袍也套在了金属身体上面。

突然，"嘣"的一声，主控室发生了剧烈的震荡。究竟是什么样的存在将主控车直接掀翻，所有人都没反应过来，只看见车壁上插进来一个巨大的、洁白色的角。

唯独云领没有受惊，立刻跳出了主控车。

下方原来是三角龙，急速的突袭打了车队一个措手不及；然后，霸王龙从树丛中冲出来；紧接着，是禄丰龙、梁龙用柱子般的双脚摧残着军队的一切。

这些本来是敌人的生物们，竟然在此时展现出合作的姿态。

而他们的共同敌人就是这支人类军队。

士兵们也浴血奋战，可是，原本为智能体准备好的电磁子弹在面对血肉恐龙时全部失去了效果，已经有不少士兵葬身霸王龙之口了。

"呼叫空袭！空袭！该死的，为什么飞行联队还没到。"一名通信兵急忙朝着天空上的云领招手，"救我！救我……"

可是，云领完全不领会，任由士兵被恐龙摧残。

鲜血弥漫了山头，云领张开了四肢，突然，所有的鲜血全部朝着云领汇聚而去。云岭的身体由原本白色的机械被染成了血红色。肢体下的收集器在收集着每一滴血液，全部都转化成供应机械体的能量。

云领这才摆摆手，发出了信号。

黑色的长方形柱体从天而降，深深地扎在地面上，也有几只白色的，把主控车包围住。

下一秒，整个山头被爆炸夷为平地，巨大的火光吞噬了地面，仿佛即将点燃广袤的天空。

火焰之中，白色柱体形成的保护罩内完好无损，云领降下来，双手提着巨大的主控车，升到半空中。这是何等恐怖的力量！

下一秒，云领双脚一曲，全身爆发出血红的光芒，连人带车消失在了地平线的远方。

第七章

推开城堡中央厚重的大门，莫思被面前一位美丽的女孩惊艳到了。

莲华公主，仍然保持着十六七岁的少女模样。

面前是一幅公主追寻白马王子的景象，下一秒，整个场景消散了，原来只是一场全息投影。

"你好啊，莫思。"莲华公主抬起了双手。

"你好！"她太美了，莫思心想，脸上泛起了微红。

莲华公主身着一条中世纪公主的裙子，哥特风格的发型配上精致的耳环，活脱脱像刚从童话故事里走出来，有一种令莫思立刻单膝下跪的冲动。

"怎么样，我这里舒服吗？"

"舒服，这里实在是太舒适了。"莫思环视了周围的环境，仿佛回到了几个世纪之前。

"是不是对我很好奇？问吧！"

"哦，好的……那个刚才……"

"哦，那只是投影。我就是实验品。南艺应该已经告诉你了吧？我在以我自己为主角模拟着所有可以反射出人性的场景，将我自己的所有反应记录下来，就变成了大数据；通过分析，可以构建出一个智能模型供机器模仿。这就是我们所创造的人性。"

"嗯，那一定非常累吧。"

"不，一点儿都不累。就像读书一样，畅游在一本本的小说当中，怎么会感觉到累呢？"莲华公主精致的双眼穿透了莫思的心，略微发酥的声音令莫思感到心驰神往。

这是一种奇妙的感觉，莫思在以前的生活中从来没有感受到。

她就像一个星星，慢慢地勾画出这个世界最美妙、最宏大的一面。

莫思享受着与她相处的每一刻，并不是出于粗鄙的占有欲，而是一种纯粹的享受和守望。

在莫思的脑海当中，出现了一幅景象：那是一片稻田，金黄色的阳光令稻谷熠熠生辉，不冷不热、自然的微风拂过莫思和莲华的面庞，莫思手挽着莲华，躺在草地上，看着日落，白天慢慢消散，天空上浮现出黑夜的色彩，隐隐地有星星的影子点缀在那块羽绒上……

正在陶醉当中，莲华公主的手迎了上来，拉住了莫思的手臂。

"这是什么？"

"什么？……怎么了？"

"这是什么情感？我在书中从来没有读到过……"

"我也不知道……"

"你能形容一下吗？"

"我也形容不出来……就是很享受，很享受跟你相处的每一刻。这个……我不是你想的那……我不是变态，我只是单纯地觉得舒心。"

"值得关注的一面，这种感受在书上可没有见到过，但是肯定是人性的重要组成。莫思，谢谢你帮我描述。"

"没什么，不用谢……"

"你很痛苦，我看得出来。"

"我……确实有点儿不好受。"

"来吧，我来治愈你……"

"怎么治愈……"

"关于人性，当然要在经历中治愈啦！"

"你是说，用这个装置？"

"不全是，我会使用一个更加高级的分子剥离器，在里面，我们拥有实体可以一起经历，疗愈你自己。"

"会……很危险吗？"

"不会，我们的实体都是由外界的分子组成的，不是我们本身。"

"哦……那来吧！"

……

一眨眼，莫思的眼前是一片大海，身后是一片略显突兀的森林。

莫思被眼前的景象呆住了，在远方，仿佛有一个影子……仔细看去……是也伦！

不过，影子在遥远的地平线处。莫思下意识地迈出大步，却仿佛踩在真正的海沙上一样摔倒了。

莫思想起了许久不见的父亲，父亲现在怎么样了呢？生死未卜，而自己却在一个从未到达过的地方……

滴滴眼泪落了下来，又马上被莫思擦掉了。

"不能哭。"莫思告诉自己。

"没事的，当人们意念过于强大时，意象也会化作分子的形态进入这个空间。我知道莫思很想念父亲，但是，这里的一切更加美好，不是吗？"莲华用凝白的双手安抚着莫思。一只银灰色的猫也跳了出来，在莫思的脚下用温暖的皮毛摩擦着莫思。

"哦！你也来了，莫思看呐，这不是你最好的伙伴来看望你了吗？"

"银伞……"

"莫思，留下来吧！放弃那些你所讨厌的……那些压迫着你每天喘不过气的。这里的生活平静美好，要什么有什么，可以无穷无尽地享乐，没有一点点儿痛苦会出现。这不就是书上所描绘的天堂吗？来吧，莫思，加入我们吧！"

"……"

莫思站了起来，转过身，眼前虽然还被泪水所浸，但是坚定的光芒穿透了泪水。

"谢谢你，莲华公主！这里的确很美好，但是并不适合我。我喜欢你，但是，我还有重要的人要去拯救。"

"哦……好的，莫思，无论如何，我都会支持你的！"

莲华公主忽然抱住了莫思，莫思闻到了发丝的香味，不过莫思不敢动弹。

"莲华公主……你为什么这么相信我？"

"有些人呢，第一眼就可以看穿终身。我只想无条件地选择我喜欢的人。"

莫思听到这里，自然地拥抱着莲华，银伞也趴上来了，两人一猫，组成了一幅温馨的景象。

突然，一股子血腥的浓厚味道钻进了莫思的鼻子，莫思急忙向后看去，发现远处的森林炸开一大块，正冒着滚滚浓烟。

"那里……怎么了？"

三人调动着分子向爆炸处跃迁，不过，他们似乎已经来晚了。

银伞嗅觉更加灵敏，降下去掀翻了一辆战车，发现下面躺着一个还在微弱呼吸的军官。

莫思把他翻过身来，不是也伦，但是从扮相上来看，军衔应该非常高。

"还活着，赶紧救命。"

经过三人的一番努力，男人终于恢复了意识，不过即便是在无意识的状态，男人的手里也紧紧地握着什么东西，恢复了意识之后，立刻将手中的东西藏到怀里了。

莫思没去细究那究竟是什么，不过看到男人醒了过来，三人心中都沉下来一口气。

"你们……救了我？"

"你流了很多血，先别说话了。"

"谢谢……感激不尽……"

"南艺呼叫了我们，估计是遇到什么事情了，先把他送回城堡吧。"

三人带着男人，一起飞到了城堡上空。

城堡的正前方，停着一台巨大的主战车。主战车上方，就是云领。

奥萨发动外骨骼，在即将抵达城堡的时候脱离了三人，独自从森林中走出来，站到了云领的身旁。

"云帝……奥萨在！"

"奥萨？你怎么还活着，倒也正好。东西在你手上吧？"

"什么东西？"

"那你可以死了。"

"哦……不不不，在……在！这个控制器。"

奥萨举起了手中一直护着的机械小轮盘。

"报告云帝……他们来了。"

"给我指出来！"

"他们三个中间的男孩就是您要找的莫思。"

下一秒，双方中间爆发出巨大的响声。

"呲呲啦啦"的火星在两双拳头的对撞中迸发，一方是云领，另一方则是南艺。二人在中间打得不可开交。

云领的气势更甚，隔着几百米都能感觉到他的愤怒充斥着全身。

"生物加速！"之前吸收的血液在此时派上了用场，血液中的蛋白被剥离出来成为燃料，支撑起云领一次次如暴雨般迅猛地攻击，将空气压缩形成肉眼可见的扭曲。

南艺也不甘示弱，虽然云领有着他没有见识过的招数，但是南艺在物理上的强度似乎更胜一筹，通过精确的防御抵挡住了云领的每一次攻击。

就在这时，主控车内又缓缓升起一个机械体，似乎是女性。

"咿咿呀呀"的声音响起，女性机械体先是蜷缩作一团，突然，额头上6个接口发出强大的光芒；紧接着，就是巨大的电磁波冲击，以她为中心就像核爆一样的电磁波席卷了肉眼可见的一切，波浪之处泛着绿色的光芒。

电磁波所及之处，全国停电停网，人们陷入一片黑暗，焦急、无助地看向四周。

就连南艺也被电磁波影响失去了对身体的控制，直接瘫痪倒在了地上。

"呃，哈……老东西，以为我这几年没有准备吗？"

是蜜宿喀，莫思一眼就认出了她，但是他现在的实体还在城堡里，而且，在人工智能面前，他就像一只蝼蚁一样，没有抵抗的力量。现在，南艺已经失去了战斗能力，莫思、莲华公主，还有银伞心中的弦绷得紧紧的。

不过，云领似乎忌惮着莫思，一直没有对他们下手。

突然，大地开始剧烈地震动，似乎有什么巨大的东西正从地底下钻出来。轰隆隆……周遭的树木皆倒在碎土之中，大地像一块饼干一样崩裂，露出下面黑色的实体。

随着黑色实体的升起，莫思看清楚了下面是什么——是一座城市，是一座被遗弃的城市。

"哈哈哈，铜马，美丽的首都！"

云领所处的地方就是城市的中央广场的中心。

"看看吧，愚蠢的人类！这才是地球上最强大的文明！可惜当年没有将人类奴役来发展外星系，迂腐的高层选择上载自身，放弃了这么恢宏的一切，你说可笑不可笑？如今，时机已经成熟，将由我云领重现人工智能文明的辉煌。"

莫思和莲华不自觉地牵起了手，故作镇静地迎接着一切。

"尊贵的钥匙主人！我们来商定一件大事吧。"云领突然出现在莫思面前几米的距离。

莫思想起了南艺曾经说过的，立刻回答道："不可能，我不会将钥匙交给你的。"

云领突然暴怒，一拳向莫思打过来。这一拳实在是太快，所有人都没有反应过来。

可是，拳头停在莫思面前 1 米的距离，挣扎着掉落下去了。

"该死的源代码！"云领怒吼。

"那我也不跟你玩这些了。"

云领朝着主控车一勾手，主控车中升起了另一个男人，不过，不是机械体，而是活生生的人，被枷锁铐着手脚。

是也伦。莫思再也控制不住自己，朝着自己的父亲飞去，可是，在空中，他的分子躯体就被击碎了，不过几秒后又开始重组成了莫思。

"快放了他！他快死了……"

"当然，当然，我可以让他更加痛苦一点儿。"云领又是一勾手指，枷锁开始收缩，也伦的脊椎受到了巨大的拉力，痛苦地嘶吼着。

"呃啊啊啊啊啊啊……"

"不要，不要……不要这样子，父亲！"

"怎么样，孩子，答应我的条件吗？"

"不要伤害我的父亲！"

就在这时，天上的上载智能察觉到了不对，通过入侵莫思的处理器释放了一道电流，想要让莫思清醒过来。莫思立刻反应了过来，痛苦地蜷缩在了地上。

云领立刻察觉到了，讥笑道："哦……我还忘了你们这群老东西呢。"

"奥萨，启动太阳轨道炮，目标城堡！"

第八章

奥萨其实一直都在看着。

第一眼看到莫思的那一刻，他其实有些震惊。虽然莫思不是也伦亲生的儿子，但是从眼神中，他看到了也伦曾经的样子。

层层回忆被勾起，也伦曾经是他的下属，在甘比地战役中，奥萨差点儿死在蜘蛛形的利爪之下，关键时刻是也伦无畏地冲出安全区，用外骨骼推倒了蜘蛛形的一根足，奥萨才得以存活下来。即使存活了下来，身体的 70% 也被替换成了机械义体才可以正常生活。

自那以后，也伦却不知道为什么离开了阿瑟卡萨。

奥萨发掘了蜜苏喀的黑客天赋，将其奉献给了云领。

用尽一切办法，排除一切的竞争对手，无下限地讨好云领，才拥有了今天的军衔。

看到也伦今天变成了这样，不知道他还认不认识自己，奥萨觉得很惭愧。如今又将一个无辜的男孩卷了进来，奥萨心中那一点儿仅存的良知开始颤动。

他曾经的无数战友都死在云领的手下，但是他却一点儿都不敢反抗，因为他明白，云领拥有着世界上最强大的力量。他知道云领的行为会摧毁整个人类社会，他作为人类中的一员，本来不应该为虎作伥，迫于强大的力量，他却不得不做；但是，看到也伦那凄惨的样子，他动摇了。

生而为人，奥萨不能就这样看着云领放肆下去，就算他有着至高无上的力量。

"是的，云帝。"

奥萨摆弄起了手上的机械小轮盘，"咯哒咯哒"地。

"小了！"云领一听声音就知道，"你在干什么？奥萨？"

就在这时，奥萨突然发动义体，猛地朝没有防备的云领扑去。

"哼，不自量力！"云领的四肢虽然都被奥萨限制住了，但是很快抓住了奥萨的手臂，想要将他挥出去。

"刺啦"一声，掉落下来的竟然是一条机械手臂。在这短短的几秒内，奥萨所有的义体重组，像一条壁虎一样贴在了云领身上。

"反贼去死！"云领发出了不甘的怒吼。

"嗯啊，狗屁云领……恶人终有恶报！今日，我就要与你同归于尽！"说完，奥萨按下了轮盘。

霎时，一束炽热的射线从远方发射而出，这道激光就像黑夜中的流星一样显眼，直线狙击到了云领和奥萨的身体上。一时间，周围的温度瞬间提高了几千度，把整个森林照亮，周边的一切开始有融化的迹象……

这便是南艺说的太阳武器吗？莫思心里后怕的同时迅速向后退去。实在是太恐怖了！

几秒后，射线褪去，奥萨和云领早已化作一团灰烬。

……

一瞬间，世界都清净了许多。莫思立刻下去救助南艺，可是南艺一动不动，没有半点儿生命的迹象。莲华公主拉住了莫思的手紧紧不放开，但是看到一切已经落幕，心稍稍放松了下来。

"父亲！"莫思疯了似的又朝也伦跑过去。

可是距离也伦还有半米的时候，突然被一击打散。

分子再度组合时，莫思发现眼前的是机械蜜宿喀。

"蜜宿喀，他可是你的战友，不要伤害他！"

"哼……哈哈哈哈哈哈哈哈……"蜜宿喀突然发出阴森的笑。

"你知道为什么人工智能才是这个星球上真正的主导者吗？因为我们有备份！这些废物只不过是我的棋子罢了！哈哈哈哈哈哈哈哈哈……"

莫思这才意识到，说话的不是蜜宿喀，而是云领。

"救救我！我的莫思！我要死了……"也伦痛苦的嘶叫声穿透了莫思的心灵，他立马看向也伦，发现也伦已经瘫倒在地，背对着他，看不到也伦的嘴。

"来吧，莫思，我可以让你拥有一切，大学，首都最好的房子、车子，我可以给你世界上最庞大的财富，保证你一辈子花不完，你所有的家人都会幸福安康并且无比感激你的，你难道不想这样吗？"

"莫思，让我们回到以前的生活吧……嗯啊……"也伦的声音愈加痛苦。

大学，首都，这些都是我无比想要的东西啊，这才是我的生活啊。莫思又动摇了，他想起了以前，只要答应了条件，自己就能成为最棒的那个孩子，爸爸妈妈都会为我骄傲，我所想要的一切都会成真，到时候我要带着爸妈无忧无虑地去海边玩……

莫思看向后方，那里是银伞和莲华公主，他们一步一步后退着，眼神中透露着惊恐。

"没事的，孩子，这个世界只会更加美好，真相没有你想象的那么美好，但是，我可以给你的一切才是真的。一味去追求那个遥不可及的梦，你不觉得可笑吗？活在谎言中又如何？快乐一辈子才是真理。他们把你们丢弃在这里，你不痛恨他们吗？"云领又发话了。

莫思真的动摇了，他慢慢张开了口，一把金色的长剑从口中幻化出来，在空中饶有灵气地悬浮着。

就在这时，莫思看了也伦一眼，发现了也伦的手指在动。

也伦的手指"滴滴答答"地敲着枷锁，好像，有着一定的规律。

"呃呃呃啊啊啊啊啊啊……"也伦又一次痛苦的惨叫，口中吐出了大量的鲜血，鲜血之中，有一只蜘蛛形的机器人。莫思敏锐地察觉到了，他开始看着也伦的手指。

"对，就是这样，把钥匙交给我，你就成功了……"云领贪婪的目光全然注视着这一把金色长剑，仿佛魂魄都被摄进去了一样。

滴……答——N，嘀……嘀……嘀——O，这是小时候跟父亲玩的摩斯密码游戏！也伦的意思是拒绝云领的胁迫，虽然莫思看不到也伦的正脸，但是也伦的眼角早已被泪水浸湿，眼球血红，痛苦、坚毅地发送着信息。

莫思的眼泪也在眼眶里打转，他无法想象父亲承受了多大的痛苦，但是他已经明白父亲的意思了，也领会银伞的教导了！

莫思突然用手握住长剑，怒吼"C-1T！"将长剑插入了云领的核心中。

云领爆发出痛苦的惨叫，不一会儿就消失了。

"你说得对，真相往往并不美好，但是，我是人！逃避和麻醉自己，等同于放弃自己！"

长剑回到了莫思的身体里，也伦的枷锁在此时也松散开来。

莫思飞奔过去，抱住父亲。

"父亲，父亲……你怎么样了？"

"孩子，其实，我……不是你的父亲。"

"不，你就是我的父亲！"

"即便没有血缘关系，你也是我最骄傲的儿子……莫思，干得好……你就是我的儿子……"

"父亲，别说话了，你受伤很严重……莲华！救救我父亲！

"别这样，别这样……"

"我已经救不了了……"也伦摸了摸莫思的脸颊，"能够看到你成长，我就已经知足了。"

"父亲……父亲！"

父亲的手耷拉了下去，身体融入大地之中，生长成为一棵棵树苗，散落在世界各地。

树苗看向天空，噢，原来是一棵参天大树无条件地保护着它。

它很幸福。

永久地幸福。

太空殡仪师

缪林翔

奥尔特彗星云畔，一团淡紫色的朦胧嫒碟漂浮在黑寂的深空。伫立在舢板旁，面朝银心的航向望去，敌舰大军压境，你仿佛听见决战前夕的号角已幽幽吹响。你长叹，捋一捋白须。

地球第四纪大冰期，参宿四超新星爆发，猎户座伽马射线暴，一件件天灾迫使像孩子一般无知弱小的人类文明长大成熟起来。在猎户座悬臂的太阳系，他们建造出堪称世界奇迹的火星太空港，又开采星矿，打造出一支浩浩荡荡的星际舰队，使人类的足迹逐渐向更遥远的宇宙延伸。对于这些载入史册的跌宕情节，智周万物的你都熟谙如故，用老舰长的话讲，人世间的书已被你读得透彻，生活将越来越多的答案告诉你，使你变得更加沉稳自若。

你的职业让你习惯性保持沉默。大多数人在酒厅寻欢作乐的时候，唯有你安守本分，一个人坐在狭小的殡仪舱中，抚摸着一方昔日战友的骨灰盒，借着舷窗外微弱的星光，为众生祷告，向宇宙祈福。由于沉默寡言，你平时很少受到战友们的关注，往往在一场令人唏嘘的战役过后，你的寒舍小舱才有人来吊唁亡友。

这是人类舰队飞离地球的第 47 年，先前和莱蒙文明打的一场旷日持久的银河战争，已损耗了舰队的 19 艘护卫舰、8 艘歼击舰、7 艘驱逐舰。这些舰船上的士兵可以通过舰体分离逃生，类似空军飞行员的跳伞。舰体分离就是将舰船的备用船舱弹射出母舰，飘向太空，直至船舱携带的受控热核聚变燃料耗尽，被其他舰船的舰员发现并营救。太空军的水手们必须时刻确保舰船的供氧、气压维持、温度控制设备照常运行，否则，脆弱的生命就像大海上漂浮的泡沫一样，随时有被浪花击中化为乌有的危险。

在那次莱蒙文明舰队发动的猛烈突袭中，无数大大小小的人类舰船都化作齑粉，弥散的灰烬悄然溶解于永恒的夜晚。等离子体炮火如滚滚惊雷轰炸不休，粒子束射流似道道金虹来去如风，人类舰队的反攻及时稳住战局，弹雨齐射以力挽狂澜之势，将埋伏圈内的敌舰逐一击破。战斗结束后，整片星区变成一座残垣断壁似的太空墓地，浩渺废墟之上，尘埃云暗流涌动，翎羽般的残块遍布荒野。白花花的一串串，黑乎乎的一片片，舰船的遗骸有如碎裂的骨架，在分崩离析的爆炸余焰中徒留一抹泪痕。烟消云散后，万物归于死寂。

清扫太空战场的任务是十分繁重的，时间在这种阶段往往会变得无比漫长。当时，凝望着浩瀚无边的星河长夜，你恍如一位在莽原中拾荒的老者，驾驶着自己渺小的太空飞船，航行到那些舰船骸骨的遗迹附近，使用机械臂打捞一些散落于时空深渊的碎末。没有人知道，被你捞上来祭奠的，究竟是舰船的碎屑，还是人体的残渣……

为阵亡将士们入殓、停灵、出殡的仪式都肃穆而庄重。一开始，你需要用专业仪器扫描那些收集来的碎末，将它们分类放置在传统骨灰盒里，然后蒙上一层厚厚的白纱。与此同时，殡仪师需要通过搜集人脸数据库的信息，将所有阵亡将士的遗容复原，并上传到舰队中央的"奈何桥"量子计算机中。部分重要将领的遗容会以全息影像的方式，投映在殡仪舱的四面合金墙壁和天花板上，前来瞻仰遗容的战士会在这里驻足片刻，为自己的故人默哀。通往殡仪舱的廊道两侧各设有一副灵柩，其中的传送带横着放置阵亡将士的合金灵位，上书已故太空军人的姓名、军衔及牺牲时间。每隔49个小时，后勤部会更换一批新的灵位，旧灵位将以图片形式存储在计算机的数据库中，新灵位会在旧灵位回收后生产出来，放置在原先旧灵位的位置。一个骨灰盒与一幅全息遗容的停灵时间为7天，之后，前来哀悼亡友的人群也会陆续散去。这时候，你便将骨灰盒搬到能源控制室，在核聚变熔炉的核心接口处，将它们烧作一缕轻烟。为节省空间和生活资源，这种处理骨灰盒的方式是大多数人认可的。毕竟与其在无垠太空里葬身星海，不如为人类舰队做出一点贡献。正如古人诗中所写："随风潜入夜，润物细无声。""落红不是无情物，化作春泥更护花。"

其实，你每天的工作不只有置换灵位、焚烧骨灰盒、控制全息影像，还需要在殡仪舱中诵读联合舰队文宣部撰写的《众生经》，为当天所有在太空战场上抛头颅、洒热血的将士超度亡魂。

除此之外，业余爱好科研的你，还会在空闲时间做一些关于物理的前沿科学实验，例如可以进行超距传送的小型虫洞实验，核聚变装置的磁约束和惯性约束实验等。你没有经过系统的高等教育，完全是凭借自身的业余兴趣和广泛阅读开展科研工作，这需要具备很高的天赋。老舰长曾鼓励全舰成员都要学习前沿物理学知识，在脑电波交流技术和记忆遗传技术趋于成熟的阶段，随着母舰核心建设集团对知识共享型社会的建设不断完善，这一主张也逐渐由理想转化为现实。每天，你都工作到深夜，有时是因为超度，有时则是为了做实验。你向来不辞辛苦，只为将本职工作和业余兴趣都做得更好。

一艘母舰的储存舱里只有两具水晶棺材，原本是留给舰长和副舰长的；不过，母舰的领导层都希望自己死后能像普通战士一样，在核聚变熔炉中摆渡过"奈何桥"，抵达彼岸，和阵亡战友们团聚在一起。这样一来，水晶棺材倒成为舰队中贮藏已久的宝贝，没有人愿意动用，它被理所当然地珍视，就像贵重的吉祥物。你每天清早起床，一番洗漱过后，第一件要做的事，便是用湿抹布擦拭水晶棺材。虽然你清楚，可能这辈子都没有战友甘心躺在棺材里面，他们基本上都会一腔热血地战死沙场，但你却一如既往呵护着它，这是你对岁月的思忖。

人生，除死，无大事。看淡死亡，就会看淡一切。这是你信奉的理念。当老舰长的孙子路过殡仪舱，朝里头探出胖乎乎的小脑袋时，你便会亲昵和蔼地向他伸出布满老茧的手，冲着他笑。

他时常会感到奇怪，兼有一丝微微的害怕，便问你一些问题。

"伯伯，为什么你要整天守在这间舱室里呢？你不会孤单吗？"

你会笑盈盈地接过话茬，对他漫不经心地谈论起大道理。

"小乖乖，我不孤单，每天都有值得我们开心的事情。星际航行的旅途虽然漫长，但我们的心紧紧联结在一起。没有人可以逃避死亡，这间小小的殡仪舱只是我们短暂停留的一处港湾，新的生命会在希望中孕育，就像你嚼的棒棒糖，吃完才能感悟到甘甜是什么。"

他摇头晃脑地听不明白，用手挠挠后脑勺，继续问。

"伯伯，你担心明天的大决战吗？如果我们战败了，该怎么办？"

你就坦然释怀地搂着他的小背脊，语重心长地对他阐释。

"不担心呀，总有一方会战败的，胜败乃兵家常事。其实，哪一方战败都一样，人生在世，只不过有个死亡的先后顺序，一切都是有始有终的。你的恐惧来源于你对未来的不确定，但如果你假想这一切都已经发生过，兴许就不会那样紧张了，其实真没那个必要。"

这一个深夜，你和老舰长的乖孙孙畅聊到凌晨1点，两人相互依偎，夷愉和乐。次日一早，星际大决战就要打响，一往无前的人类舰队要和残余的莱蒙舰队一决高下，一场生死考验即将来临。

"伯伯，你……"他似乎还有问不完的问题，要统统向你倾吐。

"不说啦，早点儿回去睡觉，老舰长若是还在世，肯定要叫你上床了。快！听话，听话的孩子早上起来就有新的糖吃，去吧……"

送走这个小不点儿以后，你独自倚靠在走廊的舷窗附近，眺望右前方那一支若隐若现的莱蒙舰队残军，它的暗影覆盖着远处的一片星区，等离子体发动机的光芒从幽暗舰体的底部冒出，远观就像一团倒立的炬火。一瓣淡紫色的荧光环绕着敌舰的周身，俨然有一股肃穆感。这一次，你隐隐觉察到宿命就在不远处守望着自己。人类生死存亡的命运，如同在一根宇宙的弦上颤抖，变成一种概率性命题。

最近，你刚从一本前沿物理教科书上阅览到，所谓"量子纠缠"，其实可以不用那么复杂的公式去表达，还有一种更直观的理解方式，归结为一句话：真空中每时每秒都有成对的正反粒子出现，然后又一并发生湮灭反应并消失。这句论题引发了你的深思，你想到，既然真空中会成对出现正反粒子，那么缘何不能使用一枚大功率的力场或电磁场，将这些正反物质在湮灭之前分离开来，以获取反物质来制作高能反物质炸药呢？从理论上来说，这种设想其实是可行的，只是需要考虑成本和实验环境。为了验证你的设想，你从母舰的量子计算机里查阅了相关资料，决定通过在殡仪舱中激发微型"反引力场"的方式，尝试制取少量的反物质来充当装填枪支的弹药。

在其中一次试验中，你成功在真空中释放出"反引力场"，并用电磁力吸附到了少许反氢原子，只可惜，这些反氢原子还没"捂热"就"凉"了，它们可以存储的时间并不长，大约在几秒钟之后就会因其自身的不稳定性而发生衰变，最终消失不见。为此，你试想过好多种理想方案，希望找寻到一种足以储存反物质的方法，但结果都不了了之。百思不得其解之际，你通过量子计算机进行查询，发现理论中存在着一种能级足以承载反物质，能量可以储存反粒子的理想模型——"超重磁单极子"。在物理学定义中，这种物质也被称为"宇宙种子"，它们所具备的能级很高，处于随时都可能会暴涨的亚稳态，只要稍微增加一点儿能量，达到暴涨的临界点，它们就极有可能被激化、暴涨，形成一片全新的"时空暴涨区"，那将是一个全新宇宙的诞生。

从理论上讲，"超重磁单极子"是可以用来存储反物质的，但难就难在这种物质迄今只在一些小行星带被发现过，且数量极其稀少，能不能找到它还是个问题。所以，你希望能在柯伊伯带附近碰碰运气，寻找一些"超重磁单极子"，来完成这一场试验。

就在前一夜，人类舰队吃了一场败仗，一支护卫舰小分队在柯伊伯小行星带附近被歼灭，敌军在那里设下圈套，将咬钩上岸、失群落伍的人类舰船一网打尽。由于行军仓促，你尚来不及给那附近的舰员们收集骨灰，就要跟随大部队继续漂游向宇宙的深处。事后，你总是责怪自己，为何没有勇气发动飞船去收集阵亡战友的遗骸，哪怕只是一点儿象征性的碎末也好。当时舰长的命令是全速前进，不可停留片刻，军令如山，你也只好顺从舰长的意愿，但内心却耿耿于怀，似有一个心结难以解开。

此时，你看着眼前的两具水晶棺材，舱室右侧陈列的骨灰盒反射着隐隐光泽，四面墙壁和天花板上的全息遗像投射着英雄们的尊容，走廊外侧的灵枢中摆满先人的灵位。思忖片刻后，你信步行走到舱外的分离室中，输入操作密码，摁下舱室的脱离弹射按键。于是，你在夜深人静时擅自脱离"女娲号"主舰，驾驶着一艘小小的殡仪船，准备前往昨日未能凭吊的柯伊伯带，去吊唁阵亡将士，顺便寻找神奇的"超重磁单极子"，尽管成功率微乎其微。身旁的钒合金桌面上，还安置着一个复古的骨灰盒，你总将这个盒子放在身边，仿佛如此你才有充分的安全感；但这个骨灰盒里盛着的不是亡友的骨灰，而是随时可以被激发的"反引力场"，盒子是真空的，可以为"量子涨落"提供发生条件。你希望在这个骨灰盒内部制造出反粒子，并通过"超重磁单极子"保存。

这块星区距离柯伊伯带还有不短的距离，因而你选择通过操纵船舱开启人工虫洞，进入一座色彩序列缤纷旋转的虫洞传送门，在给主舰留下一条简短的"我前去采集骨灰样本，须臾即回"的信息后，便经过时空跃迁抵达柯伊伯带战场附近。柯伊伯带战场已寂如死灰，一片尘埃漫漫的硝烟卷土中，残存着几艘舰船支离破碎的遗骸，上千颗小行星沿着运动径迹缓缓挪动它们的身躯，看上去像是宇宙巨人在洪荒中为逝者量身定制的墓碑，记录着一卷经久不衰的恢宏史诗。

你娴熟地操纵起方向杆，将船舵旋转到最右侧，摁键启动 AI 自动操作程序。只见飞船左侧斜斜伸出一根长达 6 米的机械臂，机械臂擎住的一罐容器在真空中被启封，通过电磁力将漂浮在太空的碎屑吸附进来。这些残留的碎屑依然闪烁着细微的荧光，没人能想到这居然会是阵亡舰员的骨灰。

然而，正当你全神贯注地凝视着机械臂的回收动作时，舷窗右前方 10 米外一团吊诡的萤火状飞行物吸引了你的注意。起初，你以为这是战场舰船的残块，不值得更多的关注；但很快你便发现，它正以 2 米每秒的速度朝自己的殡仪船舶飘来，并且如一张渐渐开启的血盆大口，显露出它由数十个电磁场单元组成的网状结构。

一瞬间，你像触电似的警觉起来，立即以最大限度转动方向杆，企图第一时间朝安全地带撤退。首先，你想到的是向着背对"电磁场网"的方向逃离，但很快你便意识到，以飞船现有的动力水平，很难在短时间内逃出这个预先设下的陷阱。于是，你灵光乍现，认为与其畏缩让步，不如迎难而上，以进为退。经过一次 180° 大幅度旋转后，你灵活地驾驶着殡仪飞船开始冲锋，迎头撞向那一张"电磁场网"。这是你对那句格言的巧妙实践——最危险的地方就是最安全的地方。梭形飞船的锥形船头一下子便撞开了电磁场单元，并以大功率的冲刺状态突破了网状结构的束缚，你奇迹般地成功脱险。

在冲破网状结构的电磁约束后，你通过飞船上的宇宙微波背景辐射监测屏发现，左前方的不远处有一艘莱蒙文明的巨型护卫舰正在向自己靠近，形势刻不容缓。情急之下，你操持着方向舵一个猛回旋，同时架起飞船舷板上的炮管口，朝敌方战舰发射出一连串的重离子导弹和激光射流，拖着彗尾般晶莹火焰的导弹和流束一齐喷涌而出，在幽黑深邃的太空战场上耀目地划出一道道竖直的闪电。见此情景，敌方战舰也不甘示弱，启用反导弹防御系统，舰炮内装填的"中子星物质"导弹倾巢而出，迅速以数量优势占据了战役的上风。成百上千枚炮弹以雷霆万钧之势轰击在一起，爆破迸裂，火花四溅，恍若一朵朵盛绽于阳春三月的鲜花，在雄奇瑰丽的焰火中蓬勃焕发。

你见一番开火之后仍招架不住，便驾驶飞船加速穿梭在枪林弹雨之间，以来去如风、笔走龙蛇之态游离穿行，希望能以此逃出生天；但可惜的是，你的飞船没能受到幸运之神的眷顾，右侧船翼不幸被一枚"中子星物质"导弹击中，船舱破裂，船体失控，警报拉响，船内气压迅速降低。你不得不及时摁下太空防辐射服的特殊膨胀按键，通过增大服装内部气压来维持内外压强平衡。飞船飞速翻滚旋转，十万火急之下，你好不容易用手摸到了船内的备用氧气罐，颤抖着将防辐射服的通气管连接到气阀上，整个过程在失重状态下显得十分艰难。手忙脚乱之时，你不清楚自己下一步还能做些什么，右手无意触摸到身边漂浮的那一个骨灰盒，便把它揽入怀中。

这时候，敌方的护卫舰已经毫发无损地穿过战后的余烬硝烟，行驶到仍在不断翻滚运动的殡仪飞船附近，再次抛出一张硕大的"电磁场网"，将你那小得可怜的殡仪飞船360°无死角包裹。你这才拥有了片刻的宁静，"呼哧"的喘息声成为此时船舱里唯一的响动。

你被捕了！飞船在经历过短暂而无力的挣扎过后，彻底失去了运行的动力，开始由于惯性而缓缓向后退去。你布满皱纹的脸颊霎时变得苍白，两鬓的鹤发间淌出一丝冷汗。在这种时刻，你能做的选择，除了坐以待毙，就是自爆销毁船体，每一种都很无奈。

缄默，冷静，你耐心地观察着局势。原来，不远处有一艘潜伏在埋伏圈内的敌舰，它约莫已经在此等候多时，只待漏网之鱼上钩。此刻，一切反悔和挽救都是多余的，你深知自己早已无路可退。你沉着等待那一艘敌舰逐渐靠近自己的船舱，它钴蓝色的舷板上放下来一道螺旋状的舷梯，在重力平衡引擎的辅助配置之下，一位有着尾巴和翅膀的硼基生命从对面的舱体飘行过来。它瞪着圆溜溜、黑洞洞的水晶状眼眸，隔着舷窗打一个手势，示意你已成为俘虏。在打开殡仪舱门，飘行到你身边的时候，它顺手往你身上贴了一张印有某种特殊符号的纸质标签，这或许便是作为星际俘虏的编号。

手捧一只黑沉沉的骨灰盒，你跟着这个硼基生命登上敌舰的船舱，镇定自若地环顾周遭，只见偌大的舱室内分布着许多可控光子雕饰，一些长相怪异的外星生命手持等离子体枪支，荷枪实弹，虎视眈眈地盯着你。这些外星人似乎也注意到你手上端着的骨灰盒，用一种怀疑而又惋惜的目光打量着你的全身。那也许是一种无言的对话，他们大概也能猜到你的职务特殊，只是出于战争所迫，无法进行正常交谈。

那位给你贴上标签的莱蒙生物，从身后的翅膀口袋中掏出一枚翻译器似的对讲机，伸手放在嘴边，唇齿开合，对你讲出两句汉语："欢迎来到这里，出于你的职业特殊性，我们准备把你留下来，希望你能成为我们的太空殡仪师，为我们的亡友举行祭奠仪式。现在，我们这个舰队着实缺少殡仪师这个职业的人才，你如能弃暗投明，我们一定不会亏待你的。我们莱蒙人一向热情好客，只要你肯服从指挥。"

手微微颤抖着，你略有些惊讶，为这些莱蒙生物对待俘虏的客气深感钦佩。这让你不仅没有丝毫的紧迫感，反倒宾至如归。咽下一口唾沫，你清了清嗓子，眼神直勾勾盯牢对方，认真地说："我先前悼念凭吊的都是人类的阵亡将士，但如果你们不嫌弃，我也可以为你们莱蒙文明的阵亡舰员举行殡葬仪式。毕竟，世间生灵没有高低贵贱之分，战争是残忍而痛苦的，生命是脆弱而可贵的。"

"那就好，我们这就送你到莱蒙文明的殡仪舱。我叫奥尔克，是你的指定接线员。现在，请你将手中的物件交出来检查。我们要在确保大家安全的前提下，使你更融洽地融入集体。"那个莱蒙人客套地领你走过长廊，进入莱蒙战舰的殡仪舱，那是一间造型精致的船舱，舱内摆放着一棵翠碧的太空温室盆栽，而你已很久没有看到植物了。

"这恐怕不太行。我们人类有个约定俗成的传统，人死后烧成灰要放在骨灰盒中，一旦入殓、停灵，不出意外是绝对不能胡乱打开盒子的。这是出于对死者最基本的尊重，也希望你们能够理解。"你额间的两滴冷汗在钻蓝色灯光下闪烁，看上去格外醒目。

"不行也得行，你有你的传统，我有我的规矩，但凡成为莱蒙文明的俘虏，登上我们的飞船，就一定要检查所有携带物件。你这个盒子密不透风，固若金汤，外层镀有密度很高的防辐射材料，我们的 X 射线安检机没有办法探测到它的内部情况。麻烦你配合一下，谢谢！"奥尔克不依不饶地命令道，他身旁两个助手正走来准备检查。

你见眼下大势已去，二话不说，双脚一蹬，启用等离子体飞行战靴，脚底喷出两管射流，促使你朝敌舰廊道的深处疾驰而去。身后传来奥尔克和莱蒙士兵们的嘶吼声，他们怒不可遏地掏出粒子束步枪开火射击，却拦不住你冲向核心能源舱。在使用坚硬的骨灰盒擂倒两个企图半路拦截的莱蒙士兵以后，你深知自己已经没有退路，于是加足马力开始拼命冲刺。疾风中，你开始回顾自己这一生。

公元 3075 年，你出生在人类舰队生产建设兵团。出生时候，哭声格外洪亮，仿佛极不情愿降生在人世一般。1 岁时，你的父亲在执行"清道夫"任务，也就是清扫太空垃圾的时候，不慎将激光脉冲炮弹发射在恰巧路过的陨石上，从此葬身于湮灭激光的爆炸波火海。3 岁时，你的母亲在执行某一项危险的舰外探测任务时，不幸被参宿四超新星爆发的电磁辐射波击中，基因突发变异，暴病而亡。由于从小缺乏父母和家庭的关爱，你特别早熟，很早就学会了独自生活，也能在舰队兵团的日常学科测试中斩获佳绩。

每逢中秋、春节，当别人欢聚一堂、纵情歌舞的时候，你都是一个人坐在自己的小房间里，翻阅一本半个多世纪前的科幻小说精选集。你特别喜欢精选集里面一篇题为《在他乡》的小说，或许这是因为小说中的情节，和你现在所经历的生活有些类似。很久以来，你日复一日地读它，直到把这本书的纸张翻得皱巴巴的，才察觉到人生的趣味往往隐藏在苦涩之中，所谓苦尽甘来，方知真谛。

你是在 14 岁那年开始跟着师父学殡葬仪式的。当时，整艘母舰上只有 3 名太空殡仪师，你的师父就是其中一位。有一天，他在路过你的卧舱时，一眼就相中了你，对老舰长说要收你为徒。老舰长也笑呵呵地答应他，但前提是要照顾好你，毕竟，老舰长还是很心疼你这个年幼的孤儿。师父手把手教会你简易的殡葬方法，将你从小拉扯到大，他却因为操劳过度、积劳成疾而撒手归西了。从此，你成为母舰上最年轻的太空殡仪师，日日夜夜恪守殡仪道德，你在岗的一万多个日夜里，没有一次失职。这个业绩十分骄人，但可叹的是，昨夜你做出的那个义无反顾的决定，使你 30 年来不曾出过差错的业绩，从此画上一个沉重的句号。

其实，你早已料到敌人会在柯伊伯带老战场设下埋伏，你之所以要冒着生命危险前来收集遗骸骨灰，是因为你已经做好了赴死的准备。虽然没有机会找寻到理论物理学界的珍宝——"超重磁单极子"，但你也能够牺牲得光荣，死得其所，快哉快哉。人固有一死，或轻于鸿毛，或重于泰山。能长垂于青史，亘古不变的，有一颗顺应自然的碧血丹心，一颗视死如归的赤子之心。一旦摁下你随手携带着的骨灰盒上的激发"反引力场"的按键，里面就会相应地产生由"量子涨落"剥离而来的反物质。只要你轻轻摇晃一下骨灰盒，里面的反物质立即就会与物质接触发生湮灭，引发一场玉石俱焚、同归于尽的爆炸。

没有人指示，这一计策，全是由你自己所构思，自己所实施。

这一招，叫作深入虎穴。明知山有虎，偏向虎山行。

一意孤行地闯入敌舰的深处，你已然真实地感受到这里全息影像遍布的赛博朋克氛围。而你终于发觉，这里的托卡马克核聚变装置、等离子体发动机均和人类舰队大同小异，大抵不同星际文明的科技奇点及发展历程也有相似之处。来到一处托卡马克核聚变装置附近，你收束起脚底的等离子体射流，用坚硬的骨灰盒一下撞开熔炉的外壳，将它悬在核聚变火焰上方，摁住按键，踟蹰了将近两秒钟的时间。

"不许动！再动一下，你就没命了！"奥尔克声嘶力竭地赶到现场，用黑洞洞的枪管对准了你，双方陷入一种僵持不下的决斗态势；然而，他不敢贸然开枪，因为你一旦中弹受伤，手中的骨灰盒便会摇晃。

"奥尔克，我想再问你一个问题，你们莱蒙文明的殡葬仪式到底是怎么样的？"你仿佛忽然想起什么，向奥尔克抛出一个疑问。

"我凭什么要告诉你？"奥尔克面如菜色，手指摁紧了枪的扳机。

"你的注意力被我转移了，傻瓜！"你辗然而笑，笑得那样释怀，那样坦然，仿佛从来没有一丝做作和猜疑。这一招，叫作兵不厌诈。

言讫，你凝视着奥尔克充满质疑的深黑眼眸，郑重其事地将骨灰盒的按键摁下，轻轻地晃了一晃，反物质在核聚变火焰中亮起……

一道耀目的白光瞬间吞噬了你，撞向舱壁，并摧毁了莱蒙战舰。

一切都是没有结局的开始，一切都是稍纵即逝的追寻。

一切欢乐都没有微笑，一切苦难都没有泪痕。[①]

风暴使宁静更为深刻……

殡仪师的去向成为一个谜，谜底悬挂在夜空中的星星上，大家只知道他昨天晚上去某一处地方刨坟，却不晓得他为人类奉献了自身的一切。直到决战接近收尾阶段，人类即将乘胜追击的时候，已经行驶到太阳系边缘的人类舰队才收到了柯伊伯带附近的爆炸信号，根据之前殡仪师离开的路线判断，人们这才确定他已经在战场上从容就义。

"爸爸，你看，那是爷爷和我说过的，我们人类以前放的烟花！"决战过后的黎明，老舰长的小孙子站在舷窗前，伸出小手指着柯伊伯带的位置。循着这个小孩所指的方向望去，那里有一束奔放的圆状白光焰火，

---

① 引自北岛诗歌《一切》。

如同一把火炬，逐渐在深黑色太空中蔓延扩散。

"乖乖，那是你的殡仪师伯伯，某天晚上特地飞到柯伊伯带附近，为你燃放的一场烟花！你说，这烟花好看吗？"小不点儿的父亲，也就是现任的舰长，他勉为其难地挤出格外沧桑的苦笑，带着一丝悲凉的心酸。

"好看！好看！那殡仪师伯伯什么时候回来陪我玩呀？"小不点儿刚才还欢呼雀跃，却又想念起他的殡仪师伯伯，开始问个不停。

"殡仪师伯伯，他……他去和你的爷爷见面啦，可能要过很久很久以后，你才能和他团聚哟……"舰长的笑容已经僵住了，他的眼角闪烁着莹莹的泪花，眺望着无垠的星海长夜，他不禁长叹一声。

"哦？很久很久以后，那我愿意等他，我要等他回来，陪我一起放烟花。他之前说过，早起的孩子有新的糖吃，我还等着他的糖呢！"小不点儿嚷嚷着要吃糖，舰长无奈地取来一颗太空糖果，递给小不点儿。眼见他认真撕开糖纸，放入口中大嚼一番，舰长在泪光中含笑。

舰队里仅存的两具水晶棺材，一具被挪到现在的新殡仪舱，专门当作纪念太空殡仪师的水晶棺。他这一生，几乎没有人知道他叫什么名字，甚至一直到死，都没有多少人真正注意过他的存在；可是，现如今，人们发现少了他，母舰里就好像少了许多东西，尤其是老殡仪船舱的拆迁，导致原先有舱位的地方显得空空荡荡的。

如今，殡仪师的全息遗容出现在新殡仪舱的天花板上，他收集了一辈子别人的骨灰，到头来，自己的骨灰却早已无处可觅，只能拥有一席安置于灵柩的无名灵位，以及信息被存储在中央计算机的大数据库中的一段 DNA。仪式全程充满忧郁哀伤的氛围。事实上，前来凭吊殡仪师的人数却不多，他默默无私地劳苦一生，终究草草落幕。

直到那天，人们在检查浏览记录的时候，从量子计算机的备忘录里，看见殡仪师留下的一段关于科研实验的文字。

制造和储存反物质弹药的方法之一——用"反引力场"分离真空中"量子涨落"形成的正反粒子，并使用"超重磁单极子"保存。据以往数据显示，有少数"超重磁单极子"分布在柯伊伯小行星带附近。若我一去不复返，科研必须后继有人，希望有朝一日我们能攻破此难关。

舰上现有的一些物理学家被请来，看过殡仪师的文字备忘录后，大为震撼。受此启发，他们前往柯伊伯带收集原料，果真发现了一些分布于小行星上的"超重磁单极子"，又按照殡仪师给出的理论方案成功制造并储存了反物质，这也就意味着人类舰队已然发明出一款全新的武器——反物质炮弹。其中的功劳，很大程度上归属于太空殡仪师。在特地为殡仪师补办的追悼会上，为哀悼他和所有牺牲的战士们，现任舰长亲手执笔，写下一首吊唁亡故战友的祭帖。

临江仙·悼太空殡仪师

列舰先驱宏聚变，熠如天策焯燃。波江猎户照平川。卧星河野火，浮宇宙深船。

光耀散游清杳黯，固守一湾沧澜。无闻操劳若银寒。待琼峦欲晓，望北斗阑干。

在那一场惊天动地的大决战中，人类舰队最终在九死一生后胜出，由舰长主持的"大墓碑"工程建设于奥尔特彗星云畔。每当后世有人类舰船路过这里，他们就会感受到当年战争的惨烈，以及岁月在这座古老战场烙刻下的印记——漫漫的尘埃云和遗骸。

"大墓碑"矗立在一颗彗星云中的小行星上，是一座高30米、长12米、宽3米的巨型石碑。石碑上刻着两列笔力遒劲的汉字。

地球是人类的摇篮，但是人类不能永远生活在摇篮里。

埋骨何须故土，宇宙处处是家。

旧日巡行

何昕桐

第一章

一

浅紫色的天空飞过一群鸟，夕阳最后的几缕光线透过树梢落在了绿化带的叶子上，星星点点像洒落的金币。夏天特有的、带有潮湿气息的晚风从树林间穿过，越过泛着金色波光的秦淮河，纠缠一下柳树上的叶子，就安静地落进了某棵树下的泥土中。

播音员的声音夹杂着细微的电流声从收音机的外放口传出，残余的尾音回荡在办公室中。

"……丁市上空的 1042 号地球帷幕'勾陈'已于 3 个月前成功进入近地轨道，并在 3 天前全面投入使用。'勾陈'面积约为 7540 平方千米，由 6300 余个六边形小太阳能发电板组成，它将把太阳能转换为微波或激光，通过中转卫星传回地球……"

"……记忆与信念——2054 近代艺术大系成果展开幕式将于 7 月 10 日在应天府美术馆举行。本次展览汇集了贺翁、湘荣等艺术大师的 170 余件画作，尤为引人注目的是展览将在'烛龙号'海陆两栖列车上举行。本次展览具有某些独特元素，此次'烛龙号'的旅程也被称为'旧日巡行'……"

收音机的旋钮发出细微的转动声，音频被切换了。

"……据悉，今早发生的'秋山美术馆爆炸事件'已得到妥善处理，案件正在进一步审理中。警方推测，此次爆炸事件与一周前的'风台砚艺术展览馆爆炸案'为同一人或组织所为——刺刺——"

白术用手抓住收音机的天线，把它一节节地塞回去。

"主管居然对画展有兴趣。"

"老年人也是要感受一下曾经的时代之光的。"主管眯着眼睛，后知后觉地发现收音机被掐掉了，"你干吗把它掐了？我还要听一会儿。"

白术没有听这个发福的主管胡言乱语，他把天线塞回去后，又把收音机给关了："主管，自从它开始播放，您就陷入了发呆的状态。不把这个掐掉，我担心您不能在下班前说完事情。"

"带天线的收音机"是个老物件，这种东西在市面上近乎销声匿迹。办公桌上这个红黑相间的铁方块也并非旧时代的产物，它是为收藏家特制的、可以听到广播的收音机。

主管靠在椅背上转了个圈："最近是不是过得很悠然、很幸福？"

AI 犯罪侦查科有一个传统：无论新老，每年年底都发鱼。反正金陵这地方爱吃酸菜鱼，但谁的鱼大、谁的鱼小就不知道了。

"酸菜鱼就算了，那味道我可能接受不了。"他接着问主管，"我的申请过了吗？"

这次主管没有立刻回答。他先挪到办公室一侧那个高达半米、像是大型化学蒸馏仪器的滴漏壶前，耐心地等了几分钟，看着咖啡从玻璃管里流出，倒了一杯，又往杯里丢了一块方糖。他用勺子戳着糖，看着方块在咖啡里起起伏伏，才端着杯子回到桌前。

"昨天就批下来了。"主管挪动转椅，从一堆 U 盘和短电线中挑挑拣拣地拎出两张纸，递到白术面前，"签个字就算完事。你真该庆幸，几年前你还要自己写，但现在的特殊调查权申请报告全是由我上报。"

他边说话，边把玩着手中的东西。白术仔细辨认了一下——非常老式的圆头子弹，是手枪的。这子弹明显在主管这待了很久，边缘都发亮了。

"主管辛苦了，下次请你吃螃蟹。"

"螃蟹就算了，胆固醇太高。"

主管挠了挠油光锃亮的头顶，叹息着拒绝了。

白术诧异地看了他一眼。他惊讶的不是主管的自知之明，而是主管的思维还停留在上个时代——胆固醇过高这种问题数年前就已解决。老式的收音机、滴漏壶、需要上发条的时钟、U 盘和旧式芯片，充满了来自过去的生活气息。

白术没想到 AI 犯罪侦查科里还有跟他志趣差不多的人。

"这样就可以了？"他把签过字的申请报告放了回去。

"对。"主管接过纸，在桌边的机器下扫过，然后随意地扔到一边，"期限是一个月，在这期间会有信息分析组的人协助你，可以调用治安机器人。"

"最近事比较多，美术馆爆炸案已经闹得人心惶惶，就连我也开始加班了。"

主管继续念叨，他的脸在咖啡的白雾后，显得模糊不清，黄昏沉闷的光线透过窗缝在室内留下一道道斑驳的光影，和树影一起跳动，空中的细小尘埃也和它们一起舞蹈。

"毕竟是几年前的案子，又有 AI 犯罪，能找的都找了，剩下的就是想找也找不出来。"

"嗯，多谢提醒。"

"剩下的资料都在资料馆，你可以去看一下。信息分析组的人会在三天内联系你，你还可以到隔壁领一把电磁枪，有事尽量叫治安队，别乱用。"

"还有，你申请了调查权也别太嚣张，小心收到警告……"主管突然一顿，脸色变得难看，整张脸扭曲起来，"哎呀，你这种人，我之前也碰见过几个，不懂急流勇退，到头来还得我做担保。"

"谢谢关心，我知道怎么做了，主管。现在是 17 点 48 分，我要下班了。"

他赶紧离开了主管的办公室，生怕主管继续絮絮叨叨。

二

现在的金陵是 20 年来最平静的。

伴随着人工智能的崛起与机器人的普遍使用，社会上有了一些敌对的 AI 势力。AI 恐怖组织出现，其中少数拥有机器人部队，甚至部分人类也加入机器人阵营，它们有些在边境划地而居，逐渐对社会造成威胁。

为了应对此类威胁，远东联合宣告成立。管辖范围内与 AI、机器人等有关的事件均由远东联合与当地官方组织负责。

白术活在一段静好的岁月里，主管说的那些事他一个都没碰见。他执着地想查明 5 年零 9 天前的一件事，为此几年来不断申请调职，终于把自己调到了 AI 犯罪侦查科，50 天观察期一过便打了张特殊调查权申请。

他想调查的是 5 年前夏天发生的一起案件，被人以"630"代称。

630 这起案件比起普通的刑事案件复杂了一点，起初是由公安局负责，而后不知为什么，后续由远东联合负责。

630 的卷宗在诉讼期过后便被封存，与之相关的所有物品被移交给犯罪档案馆保存。它们躺在档案馆 2 楼存放 AI 刑事犯罪资料的房间里积了两年灰，直到白术打了张申请单，诉讼期再度开放一个月，而他会在明天上午把它们都领回来。

事情发生于 2049 年 6 月 30 日。那天中午 2 点 32 分，金陵市公安局接到了一通报警电话。

报警人是 3 天前来到金陵、参加学术研讨的外国人工智能科学家怀特。他声称，自己受到了威胁，被人寄了"恐吓信"。街道派出所的两名机器人警员在 20 分钟后抵达现场。

他们在科学家住的酒店房间的书桌上看见了那封"恐吓信"，其实是一张打印出来的纸条，纸上印了一句话："有人想在 7 月 1 日下午 4 点的学术研讨会上杀你。"

打印机是办公室里最常见的设备，字体也是很规矩的楷体；电波墙的出入记录显示没有人进入过房间，送信人不可能从 15 楼的窗外进来；调查组向酒店要了电梯与 15 楼整层的监控，后台的分析显示并没有篡改痕迹；机器人用蓝灯把这条纸条扫了个遍，没有发现特殊标记和指纹，就连划痕也没找到；他们又用 30 分钟对整个房间进行了一遍地毯式搜索，仍旧一无所获。

由于此次案件涉及人员的重要性，调查组迅速上报了结果，公安局也组建了专案组。现场调查组得到回复后，迅速开始了询问。

科学家怀特于上午 10 点离开了房间，前往东门大街会见好友，约定第二天参与研讨会的时间，之后于下午 2 点 12 分回到酒店。他自称到房间后躺了 10 分钟用于放松大脑，起来后整理桌面，就看见这封"恐吓信"，随后立马报警。电波墙的出入记录与他的陈述吻合。

距离那张纸上预告的时间只剩下一天，专案组只能把更多的时间用于准备，而复杂的问题则先丢给电脑来解决。

专案组向科学家说明了参加研讨会的风险，这位年轻的天才科学家仍执意参加，多次劝说后，他仍不改主意，但答应在发言及提问环节结束后离开会场。小组最终决定，让一名机器人及一名公安局的人类警察陪同怀特参加研讨会，而特遣队在场外待命。

7月1日下午，一切按照计划进行。科学家怀特身穿防弹服，他喝的水、吃的食物都会先进行扫描，所有人与他保持一米距离，而机器人将会把他一直挡在死角中。机器人身上安装的摄像头会全程录像，并实时传递给后方的专案组。

指针指向了6点，科学家怀特要上台进行发言，这意味着两名陪同人员会暂时离开。一般而言，上台发言的时间为10分钟到30分钟不等，而怀特事先表明，他会把时间控制在20分钟内，以降低风险。

接下来的20分钟才是最危险的。

可怀特不在乎，几小时的太平似乎让他把所有危机都抛在脑后。

他信心满满地走到全息投影幕前，所有人把目光投向了他。这位年轻的人工智能科学家深吸一口气，准备在这场AI学术研讨会上展现自我，只要度过了这个下午，他将成为这个行业的巨星。

最先传来的是玻璃破碎的声音。

破风而来的子弹粉碎了这个美好的氛围。

防弹衣似乎成了糖衣，在瞬间的极限拉扯后失去功能。子弹横穿而过，在大理石地板上砸出一个直径超30厘米的大坑。

这种超大口径的电磁狙击枪在事后被查明，是一种在国内严格管控的狙击步枪。

那颗子弹恰好击中了怀特的动脉，怀特当场倒地。此时台下的机器人才抵达他身边，人群不安且躁动，场外待命的特遣队迅速进入会场。

在这场短短几秒的闹剧中，只有那个人类警察还保持着清醒的头脑。他顺着新型步枪扭曲的弹道反推了回去，在无数块相似的太阳能玻璃中找到那个反光点，并通知了专案组。

驻守站点的专案组成员得到消息后立即上报，不知道是谁提的建议，专案组硬是在 20 分钟内通过了临时管制方案，在区内拉网筛查，在案发两小时后抓到那个胆大妄为、敢在国际都市使用狙击枪的不法狂徒——当时他刚好走出大楼，毫不遮掩地背着折叠好的步枪。

治安机器人很快逮捕了他。

这个人在进警局的第二天坦白了一切：他很不认同科学家怀特对 AI 的创造性思维持有的观点，什么"AI 可以拥有人的思维、人的躯体，但它们始终不是人类"，他认为那是对科学的玷污、对科技言论的不负责。

所以他做了个决定，先警告怀特，而自己在会场附近的酒店大楼等着，时时观察会场，假如怀特继续发言，他就让怀特永远闭嘴，顺带警告一下会场里的诸位。

很奇怪的理由。

但至少说明了一件事，恐吓信是他放的。这点这名犯罪嫌疑人承认了，但具体方式含糊不清，而专案组离奇地没有追究。

这起案件办理得很快：这名犯罪嫌疑人被判定涉及五六项重大罪名，于一个月后移交监狱。办案过程中，一名人类警察牺牲，除此之外再无损失。而案件带来的社会影响在几周后被消除，其中的疑点也被不合常理地从档案中抹除。

就影响来看，这个结果已经很好了。

只是，那名警察的牺牲有点儿蹊跷。

白术上大学时有两位好友，毕业后一个去研究院做研究，另一个当了警察，在 630 案件的调查中殉职了。

三

东部时间，N 市傍晚 6 点 30 分，黄昏正迈着从容的步伐，向这座国际都市走来。

道路的一侧，餐厅漂亮的雕花铁艺栏杆上刷着皇家蓝的油漆，又被夕阳镀了一层金边。根伊坐在前厅的沙发上，目光透过高大的彩色玻璃窗户落在了远处的霓虹灯上。

他在等人。等了一个小时了。

直到面前的大门被推开，一个留着棕色络腮胡子的中年男人从门缝里进来，在进门时自觉地低了下头。他提着一个大袋子，步履间夹杂着夏季独有的晚风，甩着两条腿，在根伊面前停下。

"听完报告了？"

那人点头，看着眼前完全陷到沙发里的男人，不由得发问："你不冷？"

"我穿了毛衣，加绒款的。"

根伊站起身，因为久坐而血液流动不畅的腿一阵发麻。他移动到迎宾台前，从手环里调出预约申请，亮给前台的服务员。服务员打开预约界面，对照了下编号，抛出的问题又把根伊的脑袋砸晕。

"是坐碳基厅还是硅基厅？"服务员问。

根伊转头，小声地问中年人："阿利亚，啥意思？"

阿利亚，俄罗斯人的小名。

"我怎么知道？"两个常年蹲实验室而缺乏生活常识的人面面相觑，"请问什么叫碳基厅？"

"碳基厅配备的是人类服务员，硅基厅是机器人服务员。碳基厅每人多加 50。"

"还是碳基厅吧。我更喜欢和人接触。"根伊回答的语气带着深深的疲惫。

机器人接待员没有因为他的选择过多打量，在表格上备注，又在预约界面划掉名字后，它叫了个小机器人带路。那个形似小狗的仿生机器人一蹦一跳地上了楼梯，把两人领到左边棕红色的木质大门前，叫了几声后门打开，一个人类侍应生把他们领了进去。

碳基厅内的装潢洋溢着浓厚的旧日风情，不像它那科技感十足的名字。大厅四周的墙壁雕刻着庄严的浮雕，挑高的穹顶上悬挂着一串串枝形吊灯，金色的枝叶随着雕花从穹顶盘旋而下，穿行的人影在光线中起起伏伏。

两个人仗着才到年中，预算还很多，非常豪气地点了一桌菜。

"现在这世道哟——以前的高档餐厅都以用机器人服务员为荣，现在的高档餐厅用人类服务员还要加 50。"

根伊用刀切下一片厚鹅肝，配着热面包片一口咬下。色泽鲜亮的鹅肝在灯光下泛着奶油般的光泽。

"在家宅着也有小牛肉和红酒，谁愿意出来打工？"俄罗斯人盯着那块亮得流油的鹅肝直皱眉，余光又瞥见对方手上拿着汤碗往嘴里倒，"你到底是哪国人，中国有姓根的吗？"

根伊这次很给面子地没有卖关子。他用手环直接调出了电子身份证。

"据说我奶奶是法国人，所以我姓根。"根伊接地气地嘬面条。

"法国人的名字不是名在前，姓在后吗？"

"这不重要。"根伊无视了这个问题，"发布会上讲了些啥？"

既然对方不想在这个问题上纠缠，俄罗斯人也就不再询问。

"大脑下载之类的，他们号称已经成功把人的意识输入电脑，只要定期更换机械身体就能实现永生。"俄罗斯人用刀切着牛扒，黑胡椒汁沿着刀口流下，"欧洲的金苹果园计划预计在 2045 年就能实现意识的上传和下载，到现在不还是一个字没说？"

意识这种东西，更偏向形而上学，人类无法把自身意识传入电脑，但一些高级实验室已经创造出了拥有自主意识的 AI。

"他们几年前推出了一个增加端粒酶活性的产品，据说能靠激活端粒酶和端粒结合蛋白的表达，阻止正常的复制性衰老，并且可以'群发'也可以'私聊'，即可以选定细胞。一个美国人服用后，虽然没有表现出明显的衰老特征，但他在一年后就'中奖'了——肝细胞癌。"

很明显的"私聊"失败，那位富豪在疗程结束后只是去度了个假，短短三个月，肿瘤便从一期发展到四期。

"分子细胞学的东西，我不太了解。"

俄罗斯人耸耸肩，没有对根伊的态度发表评价。

服务生把头盘端上餐桌，两个人开始专心致志地消灭眼前各种形态的美元。天在慢慢变暗，枝形吊灯的光亮在墙壁上一层层地晕开，映出一片昏黄。

"你明天几点走？"

"今晚就走。"根伊摆手，"10个小时的飞机，到了丁市还能吃个晚饭再睡。落地后几天就要参加学术年会，据说是在号称海陆两栖的'烛龙号'上举行的——你放心，我会寄点土特产过来的。"

他的眼睛眯了起来："不知道这回远东联合想干什么，但我可是把剩余预算的四分之一挪出来买'烛龙号'的车票了，豪华套房，绝对不亏。"

俄罗斯人对他钻到钱眼里的样子表示遗憾。

"等到了丁市，还要去见见朋友呢。听说他最近忙得很，还有个不省心的上司，国内真是卷啊。"

两个人继续聊着天，在一小时后把桌上的食物全部消灭。

得益于他们超高的消费额，服务员给了他俩一人一个刻有餐厅外观的铁质小铭牌。

临走前，俄罗斯人从手提纸袋里取出两瓶伏特加。

"那你一路走好。"

"也希望你不要忘了自己的目标。"

根伊笑着捶了他一拳。

四

白术想要查明 630 案件中的恐吓信投放方式。

马不停蹄地去档案馆取资料并放回家后，白术来到了 5 年前科学家怀特入住的酒店。

这座酒店位于二环，标准的五星级高档酒店，共有 20 层，13 层往上是商务楼层，和档案上的照片没什么差别。许多高空作业机器人在擦拭玻璃墙，阳光下的太阳能光伏玻璃反着光，像张曝光过度的老照片，让人睁不开眼睛。

在酒店大堂的接待处，白术向前台接待机器人出示了自己的监察官证件并说明来意，接待员娴熟地把他带到迎宾室。大约 3 分钟后，一个中年男人走了进来。

"我我姓刘，是酒店的客房总监。"

"我是远东联合丁市支部监察官白术。"白术向对方问好，"非常感谢您抽空配合我的工作。此次我想向您咨询一些关于 5 年前 630 案恐吓信的问题。"

"我记得，5 年前警方就把所有事情问了一遍，你们远东联合也派人来过了，事后有不下 20 个人向我问过这件事。除我之外，当日值班的所有人员也接受过询问。"客房总监看上去有点不耐烦，"难道这些记录还不够吗？"

白术心里叹气，一边想着主管真是料事如神："公安局的确进行了详尽的调查，这些结果远东联合已收到。但我认为，向当事人询问案件经过，还是十分必要的。"

客房总监嘴角抽动了一下，露出了一个不情愿的笑："我会尽力配合工作。"

这位总监大概很忙。

一般而言，有些酒店是向企业租用机器人，但这座酒店里的机器人是买的，它们会定期返厂检修，使用寿命在 20 年以上。而酒店的大部分人员已替换成了机器人，剩下的职员肯定相当重要。

"刘先生，这座酒店的客房都装了电波墙吗？会不会有人能避开电波墙进入房间？"白术问。

"客房只有 13 到 15 层装了，案发的房间也装了。但避开电波墙进入房间，这种事还没出现过。"中年人流利地回答，"我们的电波墙识别标准是心跳与红外线扫描，5 年前也是这样。除了这个双重锁，进入房间还需要磁卡，客房的 3 把万能钥匙一直放在保安部的保险箱里，630 案件发生时，这 3 把钥匙都在原位。"

"房间的出入记录保存在哪里？有篡改的可能吗？"

中年人摇头："在监控中心。安保系统的防火墙等级很高，我不清楚它的算力，但应该是没这种可能的。"

"其他房间有不符合的出入记录吗？"

客房总监看上去在怀疑这位支部监察官的能力，但他依旧老实回答："没有。"

档案上写得很清楚，整个房间只有两个出口，正门和窗户。奈何官方对恐吓信如何投放记录得语焉不详，不，是压根没写。偌大一个丁市支部，面对这么大的纰漏，前后参与调查的近千人，居然没有一个人查过这事。

从送信者的角度来说，把恐吓信放在恐吓对象入住的酒店，无疑是最麻烦的方式。

他为什么不直接给怀特的手环发信息？哪怕他想让怀特快速发现这件事，也可以在怀特出门时把恐吓信直接交给怀特——只需要一个错身就行。

白术有些烦躁地揉了揉眉心。

"收到恐吓信的房间是哪个？如果没有人住，请带我看一下。"

"收到恐吓信的房间是 1507，因为自那之后入住量就不大，酒店打算把这排房间改造成空中花园。"客房总监走过一个转角，指了指前方左手边的客房，"这一排房间面对主干道，都有窗户，1507 在中间。"

客房总监在房间门口站定，拿出磁卡在门禁上刷了一下，门自动打开，他走进去，指了指门框上难以分辨的两个探头："那个就是电波墙。"

白术也走了进去，蜂鸣器在他踏入房间时发出警报。

"您看，就是这样，这个声音隔一层楼都能听见。"客房总监把手中的磁卡给他，又掏出一台心跳接收器，对着白术照了一会儿，"13 到 15 层的房间需要三重锁开启才能进去，现在您试试。"

白术再次进入房间，蜂鸣器没有响起。

"这东西还真是智能。"他抬头，以前他出差住的酒店都没这种东西，他能碰到的支部的几个会议室有，但他没有试过，"电波墙是 24 小时开启的吗？"

"对。发出警报后，会有相应楼层的机器人过来处理。"客房总监正说着就跑来一个机器人，他向机器人说明情况，伸手把机器人打发走。

15 楼全部是商务房。

进门后是会客厅，里面有一个圆形玻璃桌和 4 把椅子，靠墙放着沙发和长条形书桌，书桌上还放着一台 3D 打印机；右边简单地用墙分隔出卧室，从门口可以看见卧室内有一张单人床。卧室和会客间都有整面墙的落地窗，正对着门口。

书桌离门较远，仅凭肉眼没法看见书桌上所放的纸张上写的字。当时怀特大概是直接走进了卧室，才没有注意到书桌上的恐吓信。

15 楼的高度正好，这个朝向的近处没有建筑物遮挡，向东能看见丁市支部的大楼，东南方向可以望见远处连绵的群山，纤纤连绵的云铺在天空中，只有缝隙中透出些许蓝色。

客房总监在外面用手环回复消息，白术就先看了会儿外面。

白术正出神地望着，一个影子在玻璃帷幕外自上而下缓慢移动过来。

他吓了一大跳："这是什么？"

似乎是听见了他的惊呼，那个有 8 只爪子的物体停在白术面前的玻璃上，两个酷似眼睛的纯黑色球体缓缓向下转动，凝视着房间内的人。

"这是玻璃帷幕机器人，负责清洁玻璃的。它会先清洁空房的玻璃，这间房没有登记有人要入住，它才会来这。"客房总监赔笑，"它的重量只有 1.6 千克，用钛合金制成，不会压垮玻璃。等它打扫完这块玻璃，它就会到下面去。"

墙外趴着的机器人灵活地挪动着 8 条腿，先用高压水枪打湿外墙，再把清洗剂打到墙上，不一会儿玻璃上便布满泡沫。而一分钟后到来的水流又把泡沫冲散，剩余的几条腿用干净的抹布擦干玻璃，机器人便快速地移动走了。

"这种 8 条腿的机器人 4 年前才投入使用，之前都是用绳索吊着工人进行清洗的，而且表面活性剂成分有所改良，酒店外墙就变成了一年清洗一次，从房间内见到机器人的人也少，吓到您了，真的很抱歉。"

白术好一会儿才回过神来，发现窗户下的室内地毯湿了一块。

是机器人刚刚喷洒的水，从窗户缝里飘了进来。

"总监，你刚刚说，这种机器人是 4 年前投入使用的，而之前是由绳索吊着工人清洗玻璃幕墙？"

"啊，对的。"

630 案发生于 5 年前。

他用手敲了敲嵌在窗框里的合金小方块，装在右侧义眼中的微型照相机将视线中的物体不断放大，那个合金小方块上极其细小的摩擦印痕如掌纹般展现出来，是金属留下的印记。

"总监，"白术突然问道，"窗户限位器多久没换了？"

客房总监一愣。

"进贼了啊。"

五

翌日，长江金陵段。

机械的轰鸣声由远及近，足以搭载近 10 人的车停靠在水泥路边上，伴随着震动，扬起一阵落叶与灰尘。

车窗被摇下，坐在车里的人向外面挥了挥手，两边等待的机器人迅速上前把后备厢里的各种行李提下，放到一边的运输车上。运输车接完货物后立刻加速，很快就没了踪影。

"各位，我们已经到了，但其他部门还没到，所以我们在车上坐着好了，我想应该没人想在外面 31℃ 的太阳下站着吧？"

主管对着车内喊话，其他干员应了一声后继续各干各的。于是他坐下，把车窗打上的同时把空调的温度再次调低，最终靠在椅背上，问白术："你行李收拾好了吗？"

"我想我应该没有落下什么东西，但如果有也是你的通知太紧急导致的。"

昨天晚上 11 点多发的通知，要求到"烛龙号"站岗 5 天，原因没说。白术一大早就被刑侦局的专车接走，主管一路上都是不耐烦的样子，看上去很想抽烟，但碍于在密闭空间，只是往手臂上贴了几片尼古丁贴。他中途接了几个电话，声音太小，白术没听见。

车就这样开到长江边上。

过了一会儿，他惊讶地看见主管拿出一只造型独特的榉木杯子，从车载小桌面的滴漏壶中接了一杯咖啡，又从小冰箱中拿出奶冻，敲打着冰格让奶冻滑入杯中，而车上坐的其他人对此见怪不怪。

他问身边的人："主管在执勤时间也是这样？"

"这整辆车都是他改装的。"同事友善地向他解释，"主管曾经也是一线的人，后来因为受伤退下来，上面也没有过多管他，所以现在你们的大部分事情都由副主管打理。"

接着，他又开始叹气："哎呀，他不像我有一群坑人的上司，帮忙加班，还要帮忙背锅，每天累得要死要活……"

白术多看了这位同事几眼，是个中年人，带着浓厚的社畜（社畜：形容上班族的网络语）气息。他在脑海里扫了一圈，发现并未在 AI 犯罪侦查科见过这个人。

"我叫傅贵。"面前的中年人挤出一个疲惫的笑容，"师傅的傅。"

"白术。"白术开始担心这个人会猝死。

傅贵挠了挠头，两个黑眼圈格外明显："你这种小白应该还没体会过加班的痛苦，你们这次要连续待 5 天，虽说不累，但身处'烛龙号'那个大型商场里还不能乱逛，你居然一点儿抱怨也没有……"

白术看了眼主管，他正喝着咖啡，十分清闲。

"哦，主管那人另算，他总有办法偷溜。"

白术感觉这个人的语气非常熟稔，一说到"摸鱼""划水"就来劲，带着一种哪怕猝死也要用键盘砸人的大无畏气概，慷慨淋漓地骂着那些逼人加班的上司。

"说句实话，你们主管当年在大学也算'班草'，后来脑子一抽放弃大好前程，去远东联合，也让许多人暗自神伤……"社畜摇头，十分无奈，"果然，网上说'人都会活成自己讨厌的样子'也不是没道理，他年轻时最讨厌胖了，现在不是照样胖得不像样？"

社畜边说边指了指主管的啤酒肚，而主管似是察觉到什么，看向这边，令白术眼角一抽。

"不过这次紧急动员，你们还是小心点儿为好。"

他看似漫不经心地抛出一句。

"最近刑侦局和指挥部为这件案子可有不少擦碰，火星子都溅到附属研究院了。"社畜撮起牙花，"重要的事情肯定交给指挥部那边干，你们就当是带薪休假好了，即便不能逛街，也能看看海上美景。"

说了一半，社畜就忍不住撇了撇嘴。

"让你们去那，也就是形式主义……但我是不一样的啦，几万块的票我可是实打实地买下来了，光是列车上的餐馆就有近100家，娱乐项目里甚至还有高尔夫……"

傅贵和他聊着天，车内其他部门的干员也扎堆在一起闲聊着，彼此看上去都挺熟的。过了5分钟，又有几辆远东联合的大型专车停在旁边。

傅贵看了一眼窗外，又转回身子："我要走了。"

他又抛给白术两个磁力贴一样的东西，颔首道别："祝你这个小白好运。注意少加班，熬夜会秃头的。"

白术看着他越走越远，把那两个磁力贴放在兜里。正好这时主管拿起菜市场喇叭催大家下车，他也就带着疑惑下车了。

他忽然想到那个人听语气和主管蛮熟的，就小跑几步，凑上前去。

"那个叫傅贵的人是哪个部门的？"

主管瞥了他一眼："第三新技术研究所。"

这是远东联合下属的技术研发部门。

白术吃惊："那他怎么在刑侦局的车上？"

"他来打击人。"主管的表情一瞬间很扭曲，"其实他跟我同期来着。"

白术错愕："我看那人最多就40多岁，想不到主管你也这么年轻！"

主管朝他露出了秋后算账的眼神。

今天是个万里无云的大晴天，阳光均匀地洒落在大地上，每一寸空气都充满了光亮。主管带着AI犯罪侦查科屈指可数的几个人和一众机器人，向前走了会儿来到一座建筑物的进入通道前。主管向门口穿着制服的安保人员出示了证件，经电话确认后进入通道。

白术走到主管身边，从兜里掏出那两张磁力贴，问："主管，你知道这俩是什么吗？"

主管凑近看了眼。

出乎意料的，主管居然认识。

"应该是便携式充电宝。最近技术研究所有给这玩意儿做推广,说是放在电子产品背后,就能在使用电子设备时吸收热量,到了没电后进行充电,据说还能无线充电。"

"另外,这上面还加了一个小型通信器。"

主管从远东联合的软件上调出一页广告,上面正是这个磁力贴:"充电时贴在哪里都行,不需要接口,看着是挺方便的。"

这大概是给进行长期蹲守的成员备用的,怕电脑没电。但主管对这个没多大兴趣,只是让他收好,看着什么时候能用到。

"你知道这次紧急动员是去哪儿吗?"

主管的脸在通道内昏暗的光线下不甚清晰。

"'烛龙号'?"

"对了一半。"主管无视了白术的疑惑,"其实目的地和任务都不重要,重要的是我们可以干的事。"

"一辆列车而已。"

主管似乎十分不满他的轻视:"光是这列列车的技术研发经费就高达百亿,造价高达 70 亿。"

主管没再说话。他们在通道里走了大约半分钟,停在一扇灰色的门前,直到有人上前用钥匙打开门,便有真实的风扑面而来。

先是一丝光线,再到一片光亮,直至亮白的尽头。

天空洒下柔和的光亮,宛若阳光。云彩的虚影游走在碧蓝的天空上,风在树叶间飘荡,有轨电车在街心穿行,车顶的电线犹如蛛网。街边卖蛤蟆镜的商店,橱窗里的老式电视机,停靠在一旁的墨绿色边三轮摩托车……

那些只在历史课本中出现的上世纪景物,与他眼前的分毫不差,是只要伸手就能触碰到的。

所有的一切,如此真实。

他听见了有轨电车到站的铃铛声,老牌汽车发动机的轰鸣,没有遮天蔽日的高楼大厦，看似无尽的天穹在视线尽头不断延伸，绿化带种植的树木投下一片阴凉。

"这是什么……"他愕然。

脚下是坚实的路面。

古朴的石板路充满了踩踏的印记，与周围的砖石融为一体。

他蓦地看向他们进来的大门，门口的板子上赫然写着几个大字：1980。

"这才是真正的'烛龙号'。"主管带笑的声音响起，"你们现在知道这场旅行被称作'旧日巡行'的原因了吧？白玉京集团可是邀请了近代各位绘画大师参与这辆列车的设计，而且不只是 1980——"

白术顺着他手指的方向看去，那里立着一块路标，向左那个稍微古老点儿的分叉上写着 1965，向右的分叉看着十分简约，标着 2000。

他们正处于时代的十字路口。

为什么这列列车的票价如此之贵，甚至是分区域购票，但仍然一票难求？

"烛龙号"本身就是一个长廊，它的内部复刻了一个完整的世界，一个来自过去的世界。无论你以什么角度看待它，都能令你内心震撼。

在众人的目光中，主管继续说道。

"——欢迎来到 1980 年！"

第二章

一

《山海经·海外北经》记载："钟山之神，名曰烛阴，视为昼，瞑为夜，吹为冬，呼为夏，不饮，不食，不息，息为风。身长千里。"

现实中"烛龙号"的原型便是出自这段文字。

"烛龙号"由远东大财阀白玉京集团牵头企划，各企业与研究机构联合开发，是一列海陆两栖的豪华列车。白玉京集团还邀请了各位艺术大家，以他们的作品为原型设计列车的内部设施，全车共分成 6 部分，乘客可以在旅途中体会到近 100 年的世事变迁，沉浸于艺术的熏陶中。

与其说是"列车"，"烛龙号"反倒更像一座移动的都市。

它的性质介于聚居地与载具之间，既兼备载具的移动能力，又有着与小型城市比肩的庞大的承载量，同时具有高度的安全性。

它的内部主体是一整条大街与无数分支，集会展、酒店、剧场、商场于一体，并包含 1950 年到 2054 年的建筑与街道样式。列车内部设置了挑高的穹顶，全息屏幕模拟出与外界如出一辙的天气，即使没有阳光，也有柔和的光线代替太阳光。

人们登上列车，简直会忘记自己正置身室内，而是在一座小型城市里度假。而令人惊讶的是，参与此次航行的列车车厢节数只是总量的 70%，让人难以想象这列列车的全貌。

更特别的是，由于路面的轨道还没修好，这列列车的本次旅程是在水上开展的。

自 7 月 10 日起，这列水上列车将会从长江金陵段启动，在入海口进入东海，一路北上，进行为期 5 天的旅行。由于全程的车票太贵，乘客可以自由选择上下车时间，而大部分乘客是为了看"烛龙号"上的画展才来的。

据主管的消息，设计者甚至有把这列列车打造为"都市"的想法。

中央的一所下属研究院"圆桌派"中的一群科学家，曾提出过一个大型工程。这个工程的名称已不可考证，其最终目的是实现人类的改造，共分为三个阶段。

第一阶段是让机器人拥有基础的意识，取代大部分人类，使人类有空余时间，并帮助人类生活得更好。这类机器人包括智能驾驶汽车、机器人送货员等。这一阶段早在 2025 年就基本实现了。

第二阶段是创造出能适应各种环境的人类聚集地，扩大人类活动范围，实现人类生活空间自由。这个目标原本已完成了大部，但遗憾的是，研究院的一位科学家带着许多资料倒向了 AI 势力，研究被暂停。

"圆桌派"解散前，第三阶段的"创造性思维 AI"计划已完成，尽管唯一的样本曾在敌对 AI 势力和政府手中来回流动，但最终还是到了人类手中。

而第二阶段的产物在仓库里搁置了数年，为了物尽其用，它被改造成了一辆豪华观光列车，也就是"烛龙号"，由中央企业白玉京集团运营。

7 月 10 日开始的 5 天行程，是"烛龙号"的首次商业航行。

两小时后，远东联合到达"烛龙号"临时站点。

"……大概情况就是这样。"

AI 犯罪侦查科的干员在全息投影前梳理完案件，台下的众人却有些漠不关心，让台上的干员有点慌。

"让我看看，你们都开完会了！"

主管的声音伴随着开门声响起。

"相信各位都知道了，大家认真工作，没什么可以难倒我们。"他不小心脚一滑，口袋里的东西掉了出来，捡起来后，他对众人尴尬地笑，"放轻松，放轻松，4K 剧院都去过了没？出门左拐免税店一条街，中西餐联合美食展也是很不错的……"

他对这些东西如数家珍。

白术确定刚刚从主管口袋里掉出来的是一张商务舱房卡。这次行动所有人住的都是普通房间，主管绝对是挪用公款给自己升舱了！

"所以说嘛,'烛龙号'这么大个花园,肯定要好好享受。"主管坐到最右边的一列,边说边拍旁边人的背,仔细介绍着"烛龙号"上的景点。

白术不想看了,主管那光滑的头顶看着就刺眼。

6月18日、6月24日、6月30日、7月6日,金陵周围均有爆炸案发生,每次相隔5天,地点全部是美术馆和艺术馆,且除6月30日的事件外均无人伤亡。公安局调查时发现,举办展览的艺术家们都在爆炸前10分钟以短信形式收到了类似的图片。

这些图片全部是只有一种颜色的图片,颜色分别是白色、淡黄、朱红和暗红,但白术觉得暗红色有些偏酒红。公安局尚且没从颜色中发现规律。

那四位艺术家都很有名气,丁市附近的展览林林总总就几个,要说现在风头最盛的艺术展是哪个,"烛龙号"上举办的远东成果展当居首位。

"宁可信其有,不可信其无。"早上主管这么跟他说,"'烛龙号'的首航非常重要,假如美术馆炸了,付出代价的不只是白云京集团,损失的也不只是金钱。"

谁也不愿意看见它出事。

白术边想边叹气。难啊,调查被叫停,周末假期被取消,整个AI犯罪侦查科跟块卷心菜地似的,太卷了,一层比一层惊喜。他越发怀念转职之前的生活。

"你也不用那么紧张。"主管突然坐到白术旁边,手上还端着一盒鸡块,"真正的主力还是远东联合抽调的特战部队,我们只需要把放炸弹的地点找出来,尽量把消息封住,安心度过5天就行。一个刑侦局肯定不够,支部的高层不可能没想到。"

主管算是资历很老的高层,刑侦局上级就指望他安分待到退休,主管也顺着他们的意,每天摸鱼划水,上班像养生。但凭借这种不设防的状态,他总能听到点鸡零狗碎的事情。现在这个情况,不正方便了某些人摘桃吗？

白术顺手从主管面前把最后一个鸡块拿走，向台上看去。台上发言的干员正在讲注意事项，但大部分人没在听。

"主管，是哪个玩意来了？"

白术突然问了一句。

主管叹气，伸手想再拿个鸡块，却无奈地发现盒子已经空了，只得认命："理想国。"

一时间白术非常生气。

这个组织，不但反社会而且反人类，在世界范围内掀起巨浪。而更令人讨厌的是，白术追查的630案件中，那个殉职的警员，与这个组织有着密切联系。

他感觉右眼又开始疼了，这次大脑也跟着疼，宛如有人拿铁锤敲了他一下，火辣辣的。

主管也不想这个时候去戳旁边这个炸药桶，只好接着往下说："还记得早上和你提过的'圆桌派'吗？他们研发的装有'创造性思维 AI'的U盘——"

"在这列列车上？"

主管叹息："不，是这列列车上有一个人知道 U 盘在哪儿。"

这只是个意外，远东联合的信息部意外发现了这件事。

"那转移不就好了？"

话一出口，白术就知道自己说了句废话。

远东联合在钓鱼，等着理想国钻入圈套，然后一网打尽。这两件事合起来就能解释远东联合掺和进来的原因了。当初圆桌派解散，U盘归远东联合保管，自己的事自己干，完全没毛病。

顺带一提，美术馆连环爆炸案中的炸药提供商是远东联合此次的目标——理想国。远东联合的刑侦局还要负责两起案件：美术馆连环爆炸案和圆桌派情报泄露案。

但远东联合大动干戈地掺和进来肯定不好，所以借用了爆炸案的名头，大概率是"排爆支持"之类的理由，把特种部队送进来。

但既然远东联合是自愿参与的，那事情就有点不对。

"那么，这个知情者也是捏造的？"

白术怀疑远东联合在钓鱼执法。

说到这个，主管的脸色就沉重起来："不清楚。16年前圆桌派解散，明明U盘在远东联合手上，但明面上的研究始终没有突破，这不就摆明了有问题？但如果那个知情者真知道点什么就好玩了。"

这列列车一下就危险了起来。

毕竟是连环爆炸案，推一推就能知道下一次爆炸的时间，再联系实际，下一个可能的案发地点就几个，群众也能想到。这一切都引起了某种看不见的不安与恐慌，公安局、远东联合、理想国各插一脚，而作为舞台的"烛龙号"已成为舆论的热点。

但这些和他们都没关系。

会议室内灯光明亮，台上的幻灯片已经关闭，干员们都在收拾东西准备离开。主管看着白术沉思的样子，牙疼得想把他紧锁的眉头拽回去，又抬手看了眼时间，发觉饭点已经过了30分钟，就拍了拍衣服，起身。

凭借对会议结束时间的那点微妙预感，白术把脑袋抬起来。

"主管，我是不是在哪听过你的声音？"

没头没尾地问了一句。

肯定啊，主管心里想笑，挠了挠光滑的头顶："其实，车祸时你父亲的那通电话，是打给我的。"

白术眼中，主管的西装显得很不真切，他的话也像聊天机器人吐出来的。

"真的？"

12岁那年，白术全家出了车祸。父母当场死亡，白术重伤。而车祸发生时，他的父亲正在打电话。

"我跟他说，调查有进展，想约他出去撸个串。"主管不知从哪掏出了一支烟，无视了墙角"禁止吸烟"的牌子，猩红的火星亮得扎眼，"结果他就出了车祸，死了。"

白术愣愣地看着他，像在询问这是不是真的。

主管点了点头，却没有伤感，只是平静。

"我也后悔啊，为什么要在他坐车时打电话。如果没有，车祸就能不发生吗？"他忽然摇头，"只是晚死一点。有人盯上了你们全家。"

从触碰到了什么开始，就像恶性循环一样，那场车祸只是一个点，假如车上的人没死，迎接白术一家的又是什么，完全无法想象。

"当时高层下了保密条例，整个支部内外草木皆兵。等风声过去，所有的痕迹也跟着消失了，无从下手。可你呢，你究竟想知道些啥？为什么想知道？"

主管凌厉的眼神落在他身上，冷漠地告诉他那个事实。

"你仅仅是想要报复。仅仅是'恨'而已。"

白术终于明白了主管身上的熟悉感是怎么回事。

他在心里叫苦，这个胖子虽然平时挺不正经，但直觉跟雷达一样，并且善于晓之以理、动之以情，寓理于情，十分自然地把自己作为案例，让别人只能顺着他的话说下去。

"主管，"白术跟他说，"我在车祸后做了眼球摘除手术，所以右眼是义眼。我当然不会步你的后尘，毕竟那些东西已经把我的生活搞得一团糟了，不过，我也要做些什么吧？"

主管还是没说话，只是静默地看着他。

堪称冷漠。

白术无奈地苦笑起来，摊手："在大学时完全没有那种危机感啊，轻飘飘的，过了就过了，直到那些做梦才会发生的事出现在了现实中，回头一看，哇，人都死了，还扯什么淡？我不想让我以后的人生充满恨意，有些事不抓紧，恐怕就没机会了。"

主管盯着他看了许久，最终还是笑了起来。

那层看不见的隔膜就这样轻而易举地碎裂了。

这与正义毫不沾边，甚至只是一个人在冲动期做出的行为，是一次蓄意报复。这仅仅是出于个人的一次单方面的放手一搏。

"就算是同一个结果？"主管向他打开手环，"到饭点了，要去吃饭吗？所有干员都来聚餐，我还亲自出钱换了个高档五星餐厅哟。"

有支持还是不错的。哪怕只有一个人。

"嗯。"他回答，"好啊。"

明天依旧是美好的，并值得期待。

二

空旷的接待厅里站着刑侦局的一队人马。

"我是由贺翁先生委派负责本次接待的，我姓王。"接待员递上名片。

整个美术馆接待厅刷着灰色的墙面，纯粹的黑白调和。室内的装饰也少得可怜，只有暖黄色的灯光打在墙壁上，映照出水泥的质感，减少了一丝冷漠和距离。

"刑侦局主管。"

主管伸出手，脸上下坠的肥肉随着说话的动作晃动，嘴角依稀可见饭菜的残渣，对于搜查的漫不经心溢于言表。现在这些不过是走流程，指挥部早就派人查过了，所以他比预计时间还晚到了 10 分钟。

"那我们先从长廊开始吧。"

接待员领着他们从右侧进入走廊。

"本次的 6 个展览厅全由贺翁先生设计，定格模具拆除后，墙壁没有进行修饰，所以留下了这些孔洞。"接待员指向墙壁上分布规则的圆形孔洞，"贺翁先生非常喜欢狂野主义的力量与沉重，也很崇尚极简主义的真实、自然，并认为这种无机质的真实感可以更好地衬托画作。"

白术摸过墙面，是粗糙的混凝土质感。

"本次远东近代艺术大系成果展除绘画外，还包含一些建筑展览，由白玉京集团出资 65% 进行修建。有些建筑在美术馆外，包括街道建筑。"

接待员指向他们身后的手稿，有些纸页早已泛黄，但上面画的分明是来时街道上的各色建筑。

再看那久远的日期，充满了时代感。

"这边就是主展区了。"

他们来到四边形的大厅，5 层楼高的中庭使得阳光毫无阻拦地洒下，每层楼的边缘都有一个切角，向上看去，宛如一个万花筒。

"行吧，开始干活了。"主管从手环上调出美术馆的平面图，"A 组去左侧连廊，B 组去右侧连廊，C 组把所有楼梯和逃生通道检查一遍，D 组和 E 组负责各个展厅和中央旋转楼梯，每个监察官领一个组。"

他转过头，看见白术："你跟着检查旋转楼梯好了。"

然后，他又问接待员："请问贺翁在吗？我想跟他聊会儿天……说错了，是例行调查。"

"当然没问题，但贺先生有点事要忙，大概 15 分钟后能到，我先带您去休息室。"

主管施施然从展厅里离开了，留下一地鸡毛。

白术没法再说什么，只能跟着机器人去旋转楼梯。

应天府美术馆位于一号车厢至三号车厢的最后 5 层，布局复杂。旋转楼梯位于一号车厢，共联通 4 层楼。现在刑侦局的一线人员全部是机器人，无论效率还是准确度都比人类警察要高，即便搜索区域庞大，它们也在 3 小时内完成了任务。

在此期间，白术试着爬了一下那个巨大的楼梯。旋转楼梯顶部连着最高层的展厅，展厅的外墙全部由玻璃构成，傍晚 6 点的阳光透过玻璃窗，在地板上洒下一道道光痕，十分好看。

"确定没有遗漏？"

白术问面前的机器人。

"根据美术馆提供的平面图，各个展厅已进行地毯式检查，没有发现爆炸物与疑似爆炸物。"

指挥部来了都没发现，他们又能找到什么？

"行，那就走吧。主管刚刚发了定位，他在外面等着。"

渐渐泛起的夜色中，白绿相接的有轨电车在无人的街道上穿行，老旧的建筑样式布满了岁月的痕迹，遥远而亲切。只是空无一人的驾驶位和车内的一队机器人，打破了怀旧的气氛。

"现在还保存有轨电车的城市可不多，但'烛龙号'上居然还有几列真的。"

主管正在和身边的行动专员说话，发觉对方没什么兴趣，只得无奈地转回来，看向窗外。

"你的案件查得怎样了？"他问白术。

白术正在整理胸前的远东联合监察官徽章，他很细心地把针别好，才发现主管在问他。

"挺好的。"他点头，似乎在认同这个答案，"至少到了你们当年查到的那部分。"

白术抬头，平静的眼瞳看向主管。

"但我还是有点儿没搞懂。"

主管轻笑。

"你怎么这么聪明？"他笑的时候脸上的肉都颤抖起来，宛如地震，"哪儿没搞懂？说真的，专案组怎么也不愿意说，又能查到什么地步？总不能凭空造字吧，这也算犯规了。"

可白术只是摇头，明显对这个回答不满意。

"一个理想国也不至于为了一个科学家大动干戈，这么看来，它是为了某件东西吧？"

630 案件中，那个精神病犯人说过杀人的理由。

主管讪笑："还记得那个具有创造性思维的 AI 吗？"

三

餐厅外人流如织。

"你什么时候回国的？"

根伊用手撑着脑袋，另一只手裹紧风衣。咖啡厅的空调实在太冷，他感觉鼻炎又要犯了："三天前，回来参加汇报工作。"

根伊，这个远东联合下属机构太和院的脑神经科学家，和白术的上次见面已是两年前。7 月 10 日中午，白术在出去吃饭时碰见了他。

眼前瘦削的男人从盘子里分出一块鱼肉，在盘子里蘸了下，非常享受地一口吞下，又把鱼尾折断，放到碗里。

白术问面前如拆骨机般的科学家："这是什么鱼？"

"鲫鱼。"根伊指向窗外，"从打捞到端上餐桌，整个过程不到 2 小时。"

有钱就是好。

外面的长江风平浪静，宽阔的江面上起伏着数点白帆。"烛龙号"已驶出金陵城区，天际线缓和起伏，江岸边是划分整齐的农田，翠绿的颜色中夹杂着金黄，似乎昭示着秋天的好收成。

白术疑惑："鲫鱼不是刺很多吗？"

似是听到了令人惊讶的话，根伊转过头："只要稍微调整一下，把鲫鱼控制肋间刺生长的 DNA 切除就好了。再说，只保留基本的骨架，鱼也生活得很好呢。"

只是，当所有物种都向着对人类有益处的方向变化时，生物的进化还有意义吗？

虽然有些人认为生物的进化压根就没有意义。

白术没想明白这个科学家为什么这么有钱，这家餐厅人均消费800多元，而根伊似乎住在靠近列车尾端的豪华舱，还是角房，能观赏到两面落地窗的壮观景色，收费可是很高的。

但出于礼貌，他转移了话题："你能待到过年吗？在国外过年，实在是没什么气氛。"

"应该能吧。也许以后我会在这边常住，下次提一下就好了。"根伊把阵地转向旁边的鸡肉，"你呢？"

白术回答："支部一如既往的太平。"

刨除掉那些鸡零狗碎的，火拼在10年前已绝迹

他敲下脑袋，又补上一句："我打算查一下他那件事。"

根伊诧异地望了他一眼。

但白术没有理会根伊的眼神，把630案件的远东联合备案资料用手环投在空中，转了个向，让根伊清楚地看见上面的内容。

"这个档案是什么新型笑话吗？后半段全是废话，撒谎也要九真一假好吧？"

他指的是案发2小时后抓捕的扛着狙击枪的男人与和他有关的证词。

"大概是脑子被水泡糊涂了。"

白术用手敲着桌子："公安这么写就算了，远东联合也跟着写，没问题就怪了。一个科学家被人用无厘头的理由杀了，作案动机说不通，专案组全程没有一点儿贡献，就连后续的跟进调查也一塌糊涂。他们到底在想什么？"

餐桌上只剩下人群的嘈杂声。

"别太激动啦。"根伊叹息，看这几道视线落到这边，只好帮白术把茶倒上。

白术打了个抱歉的手势："会注意的。"

根伊沉默地点头。这种事情是很常见，白术的父亲也是远东联合的监察官，查案期间出了车祸就这样走了。他死后还被追授了三等功，而那起莫名其妙的车祸就这样堆在档案里无人问津。

"我不喜欢被动。"

白术把整条鱼尾丢进嘴里，咬碎，最后把无法咬碎的脊椎吐进盘子里。

他任性地说："我不。"

"说句实话，我现在挺不安的，监察官就是个高风险职务，即便是坐在办公室里好好做文职，指不定哪天就轮到自己了。"他轻声念叨着，"更重要的是，他们都死了。"

根伊忽然发现对方的眼睛是这么亮，似乎有一团火焰在眼底永无休止地燃烧着，把黑色的眼睛映得通透。

"都不明不白地走掉了。"

白术从小就是靠谱的孩子，却在莫名其妙的地方很较真。根伊感到头疼，他费了好大劲才停止抓头发的动作。

"我真想扇你一巴掌。"他絮絮叨叨地说。

白术回答："换作是你，你不生气吗。"

这个问题令他无法回答。

根伊最终答应："我要问几个问题。"

"你为什么在'烛龙号'上？"

白术摊手："美术馆发生连环爆炸，公安局推测下一个爆炸地点是'烛龙号'上的应天府美术馆，而爆炸案所用的炸弹来自敌对 AI 势力理想国，远东联合被迫加班。"

根伊的神情一下子变得很复杂。

"好吧。"他最后开口了，"你觉得，AI 和人类最大的区别是什么？"

白术很快给出了答案："从法律与伦理学上来说，是责任和道德问题；从生物学上来说，是生命的特性和结构；从心理学上来说，是情感与意识。"

大学学霸摇头："这里是从哲学的角度上问的，正确答案是思考能力和自我意识，或者说意志。"

他吐字很清晰，在餐厅的背景音乐中，一字一句全灌入白术的耳朵。

"所以你在问什么？"

"听我把话说完。"根伊干脆地打断他，"你得知道一件事，学术界关于 AI 的研究重点在 10 年前就转移到意志上了，也就是说 AI 具有独立意识、创造性思维。"

科学家竹筒倒豆子一般列出一堆事实。

"这和我要查的事有什么关系？"白术问。

根伊这次闭上了嘴，他很耐心地把手上的茶喝完，透明的玻璃杯倒映出他的眼瞳，倒影随着光线缓缓转动。

"你还有其他东西。"根伊拍掉档案的投影，"拿出来看看。"

白术没有动。僵持了一分钟后，他尴尬地扯了下嘴："你还是这么聪明。"

白术从随身带的黑色手提箱里抽出一个薄薄的牛皮纸袋，但没有打开。

根伊盯着那个袋子看了一会儿，发现他没有打开的意思，问道："你知道圆桌派吗？"

白术点头："那个科学家怀特在圆桌派工作？"

"不不不，圆桌派在 16 年前就解散了，可还是有一些人继续在远东联合的研究所工作。怀特这个人我知道，他的导师就是当年圆桌派的成员，参与研发具有创造性思维的 AI——所以怀特肯定是知道了什么。"

根伊又给了个提示："学术界的研究重点——这倒是和当年的研讨会主题有些关联，怀特可是参与过'创造性思维 AI'相关研发工作的。而这方面的内容，是理想国和远东联合都十分看重的。"

白术愣了一下。

理想国，如今规模最大、资历最老的 AI 恐怖组织，由数十个有自主意识的 AI 组成，拥有机器人组成的武装部队，各大联合建立的目的就是清除它。

它站在人类的对立面。

这种组织为什么要杀科学家？

白术已经猜到了："为了灭口？你得告诉我。"

所有的一切无不鲜明起来。它们如珠串般结合在一起，失去的一角被轻巧地补上，在记忆里不断地滚动、重映，昭示着这鲜明的事实。

记忆瞬间恢复了鲜活，又被兜头而来的冷水冲掉了色彩。

怀特的研究和他掌握的信息已经触碰到了 AI 的禁区，所以理想国才会动手。

"大概率是了。"根伊的眼神飘忽起来，"太和院没有人员参与那个学术研讨会，但它的主题肯定是创造性思维、意识移植之类的。死掉一个科学家怀特无可厚非，问题是他死在了公众的视野下，这不仅是灭口，还是警告。"

来自 AI 的警告。

白术揉了揉额头。

现在轮到根伊发问了。

"那个纸袋里装了什么？该你回答了。"

630 案件可以分为两个部分，"恐吓信投放"与"研讨会杀人"，现在第二部分已基本明了，但第一部分仍有疑点。

首先，送信人是怎么得知这个消息的，又为什么想要救怀特？

想杀怀特的是敌对 AI 势力理想国，组织内部封锁严密，那么，送信人定然与理想国有关系，才能得知消息。可能关系不太好，送信人才会有"破坏理想国的计划"的想法。

那么，送信人不可能从正门进入，恐吓信是如何投放的？

送信人伪装成清洗玻璃幕墙的工人，从窗户进入。只有这种方式不会引起街上路人的注意。

但排除正门和窗户，送信人也可以在其他时候投放恐吓信——在街上放入怀特的口袋或者委托酒店前台转交，暴露的风险都很低，且十分容易。送信人没必要把恐吓信送到房间。

此处原因存疑。

接下来，科学家怀特发现了恐吓信。

这里也有点小问题。学术研讨会的开始时间是7月1日下午3点，而恐信上写的是"有人想在25日下午4点的学术研讨会上杀你"，时间不对。

也许是送信人的信息有误，碰巧，公安局对怀特中午会见的好友进行了询问，怀特的好友称他们约定了7月1日下午4点参加研讨会。

这就好玩了。

公安局提供的资料中有两张图，一张是科学家怀特房间内配置的3D打印机，另一张是恐吓信边缘的放大图片，仔细看能分辨出被裁剪过，但仍有几根纸纤维露在外面。

可以得出的结论是：

专案组成员看到的恐吓信是科学家怀特捏造的。虽然信件是假的，但内容是真的，怀特真的看到过恐吓信。

怀特很聪明，重做一封恐吓信肯定不能手写，要用打印机。而酒店配置的3D打印机材料有限，配备的打印纸是激光打印纸，容易穿帮，他就用随身携带的手写纸，直接用3D打印机打字。

那么，怀特为什么要扔掉原本的恐吓信，再自己伪造一封呢？

也许原本的恐吓信上有怀特不愿意让警方看见的文字。怀特想在确保安全的情况下参加7月1日的研讨会，而那段文字会导致他无法参加研讨会。他重新做了一封恐吓信，删去了某段文字。

原恐吓信上的某些内容会使得怀特无法参加研讨会。

接着新的问题出现：被删去的文字是什么？这有些难以猜到。但联系一下：理想国除掉怀特的目的是什么？

当时的公安局对此也很关心，凡是触碰到这两个关键词的事件必然小心处理——答案已经呼之欲出了。

被删去的内容，是研讨会的主题。

到现在为止，"恐吓信投放"剩余三个疑点。

送信人的身份。

送信人将恐吓信送入房间的理由。

送信人和理想国的关系。

这三个问题暂时无解。

7月1日下午，科学家怀特被杀，凶手是敌对 AI 势力理想国的人类成员。7月5日，丁市公安局公开发表文章，对在 630 案件中殉职的警员表示哀悼。

那名警员叫方晓，隶属丁市公安局分局，是最初到科学家怀特的房间的警察，也曾陪同怀特参加研讨会，也是白术的大学好友之一。他约莫是在7月2日死亡，因为公安局大多在死后3天发讣告；但关于方晓的死因、死亡地点，讣告中一字未提。

据说，方晓是被一枪打穿了右眼。

接近正午，窗外的蝉鸣愈演愈烈。今天的天空没有云，没有一丝一毫的遮挡，太阳便放任自流，闪耀着刺眼的光。桌上摊着那封恐吓信和两张照片，旁边是被打开的牛皮纸袋。

"唔，我得给你看个东西。"

白术在手环中翻找了一会儿，最后调出一张图。

图片明显是在高处拍的，可以看见远处的玄武湖与一众高楼。照片中的天空十分晴朗，有点曝光过度，是在丁市拍的，但街道的位置有些对不上。

左下角写着拍摄日期：2049 年 7 月 31 日。

但白术很快把图片划走，投影上是一串文字，看格式是从电话录音中截取的对话。

有事吗？

——看看我给你发的图片。

这是哪儿？你去徒手攀岩了？

——是的，我去爬楼了，猜猜是哪栋。

猜不到。你别把人家墙皮扒掉了。

——你别以为我不知道你在想啥。你肯定在想"这家伙是找了哪栋高楼，从室内往外拍吗"，但我可是先完成的。

姑且信你。小心被风吹跑了。

——哈哈，怎么会呢？别毁约不认啊，我还等着你剃光头。

通话日期：2049 年 7 月 31 日。

白术把目光移向窗外："当时他和我打赌，徒手攀岩 40 米，不限地点。谁先爬完，可以让另一个人剃光头，但我也没把这当回事。"

他想起了几天前透过酒店玻璃看到的景象。

"那张照片，是从怀特入住的酒店拍的，也许不是 15 层，但肯定是那一列。"

那天不是周末，上班时间，一个警察怎么会偷溜出来玩攀岩？

除非他有别的目的，而爬楼拍照只是顺带。那么，目的是什么？

这个警察曾以比机器人还快的速度，发现了杀死科学家怀特的凶手。他没有参与后续的抓捕行动，却死于办案途中。

"你有想过一种可能吗？"白术把目光移回餐桌，"也许方晓就是送信人，这样两个疑点就都清楚了。"

- 送信人是方晓。

- 方晓从窗户进入房间，是因为他和白术打赌，比赛徒手攀岩40米。

可还剩下一个问题：

- 方晓和理想国是什么关系？

他俩谁都没有说话。

静默了许久，白术开口："你也知道他的性格，一旦有约定，必然会不计代价完成。"

这个猜测像一把悬而未决的剑，白术说出之后，反而感到了前所未有的轻松。一直以来横隔在白术面前的玻璃罩终于碎裂，涌进一丝外面的空气。但这空气却带着血腥味。

"把脑海中的友情色彩剥离开，现在方晓只是630案件中殉职的警员，是不是好理解了？"

他很有条理地说完这些，才感到累得不行。

根伊会相信他还是直接扇他一巴掌？

这些想法一个接一个从脑袋里蹦出，右眼连带着脑子发出一阵阵疼痛，若有若无的噪点从眼前划过，他紧紧盯着根伊的脸，以至于画面开始扭曲。白术使劲拍了拍脑袋，他感觉义眼要换一个了。

死去的人总是将最美好的记忆留在人们心中，定格于此，以至于时间久了，人们逐渐忘记事情的原貌，只剩下那个美好的剪影。

人们总是想着最美好的，却忘了最现实的。

何况，档案里的方晓是殉职的，这个结局再好不过了。

但很意外，根伊只是点头。

"原来是这样。"

白术惊讶，有点不敢确信："你就信了？"

"不然呢？扇你一巴掌？"

根伊回过头，与他平视："确实，我有怀疑过，可只要那是真的……我也不必找借口为他开脱吧？只是自欺欺人而已，白术。"

他平静的眼神令白术有点头皮发麻。白术感到面前的人忽然十分陌生。

"毕竟那是事实。"

四

"烛龙号"上除了应天府美术馆，还有一个小型展馆，里面展出的是远东成果展的主办者之一、现代著名艺术家贺翁的私人藏品。为防万一，这个小型展馆也被纳入了远东联合的检查范围。

白术所在的小组已经调查完毕，他正站在墙壁前发呆。

"总之，我用白色、淡黄、朱红、茜草色、钴蓝，就是这些。"

这是墙壁上写的一句话。

整个美术馆里，除了画作，最多的就是艺术家的名言，白术面前的正出自莫奈。但他没来得及看下一个，主管就过来了。

白术又仔细看了一眼，还有个老人。

"他是你们刑侦局的后辈？看着很有出息啊。"

说话的是世界著名艺术家贺翁，展览的主办者之一。

面色蜡黄，眼球浑浊，白发斑驳，看上去早已年过花甲。

"是挺有出息的，很会来事。"主管打开保温壶，吹散升起的白雾，"为了一点点事情三天两头要转职，也不知道他哪来那么多的精力。"

老人没有回答，只是笑笑。

他又看向白术："你们查完这里就下班了吧，要不在这里喝杯茶？"

老人的语气非常和善，但被那双眼睛盯着，白术没敢动。

主管最终无奈地开口："算了，就在这等会儿，其他几个小队很快就要回来了。"

说完他又跟贺翁聊起了天。

原来他们是朋友啊。执勤时间跑去和朋友叙旧，除了主管，没谁做得出来。

"白监察对艺术有没有兴趣？"老人忽然问他，"这个展馆里还有一个小展厅，里面是我收藏的一些莫奈原作，是首次展出。你们感兴趣的话就看看，我可以亲自担任解说。"

老人盯着他，似乎很期待他的回答。

白术只感到尴尬。

"这个，我不太了解，但有时间的话一定会欣赏的。"

听到这种回答，老人也没有露出失望，只是用布满老年斑的手指敲打着拐杖。

"不太了解……也没关系，现在的年轻人总是忙于接受新的东西，赶着所谓时代的潮流，反而忘记了他们抛下的'累赘'里也有金子的存在。"

主管只是淡淡地看了他们一眼，没有打断老人说话。

"爆炸案中波及的那些人，居然被称为'艺术家'，这实在太肤浅了，太肤浅。"老人像是走神了，谈着毫不相关的话题，"艺术最重要的不过是创造，他们却用工具搭出框架，自己做着些锦上添花的工作，完全忘了绘画的初衷。倘若 AI 没有被发明，如今艺术界也不至于这样吧？"

贺翁抬起头，眼瞳中是毫不掩饰的漠然。

可他接下来的话语，却转了个弯。

"很多艺术家都向往 200 年前的那个时代，照相机被发明，画家们崇尚的写实风格被代替，但天才们却走出了与众不同的道路，莫奈、塞尚、凡·高等，他们开创了前所未有的流派，将现代艺术引向最璀璨的时刻……"

"但那也只是一刻，一刹那。"

老人的语气中流出一丝叹息。

"最是人间留不住，朱颜辞镜花辞树……自那之后，也出现了各种艺术流派，但都不及那时候的辉煌。"

夕阳昏黄的光线透过窗户照进来，宛如某种具象。老人站在光线里，明明仍是佝偻着背，却挺拔得好似雕像。

"白监察，你应该知道 AI 艺术家吧？"

老人平静地问，接着又自言自语起来。

"200 年前的先辈们面对的是照相机，而现在艺术家们面对的是 AI。200 年前人们面对的是写实风格的代替，现在艺术家们面对的，是来自 AI 的全风格代替。"

他在向白术抛出疑问。

与人相比，机器确实省事很多。机器节约了人类的时间、精力、金钱，在浏览的图片达到一定数量时，甚至"灵感"这种虚无缥缈的东西，也可以被机器复制。但这种堆砌而成的图片背后，是成千上万的、来自其他 AI 或者人类的心血结晶。

说到底，这公平吗？

"行了。"最终，主管打破沉默，"等会儿还有工作，就先不聊了。"

"好啊。"老人点头同意了，把手上的袋子交给主管，"前几天刚到的豆子，挺好喝的，你拿着。"

"然后是你，"老人突然转过身，凑到白术面前，混浊的眼瞳中倒映出对方的样子，"你们这些人，工作也挺危险的，白刀子进红刀子出，一不小心就缺胳膊少腿，小心点哪。"

似乎是怕他不懂，又加了一句。

"你的右眼太假了。"

展馆外。

白术的声音从耳后响起："主管，他是怎么知道的？"

主管愣了一下，才想明白他说的是什么。

"看出来的。"主管没有回头，语气带着一丝熟稔，"他现在快 70 岁了，见的人也多，人的眼睛和义眼终究是有区别的。"

画家能一眼看出白术的右眼是义眼，而非真正的眼睛。

白术似乎对这个回答不满意，他尖锐的视线令主管无法忽视，只能继续讲下去。

"贺翁那人，家里全是画画的，在贺翁成名之前，算是小康家庭。只是 30 年前，AI 绘画普及，他父亲因此非常失望，变得神神道道的，没过几年就死了，这让他对 AI 非常抵触。"主管看向窗外，眼神游离，"和你蛮像的，不是吗？"

人工智能普及，这个苗头从半个世纪前就有了。只是谁也没想到，这场混乱会从艺术界开始，人工智能产出的图片兼具效率与精确度，迅速占据了近半的市场。大批文艺工作者失业，而政府并未迅速采取措施，也让很多人对此感到失望。

毕竟，几块钱就能在一秒内得到 AI 制作的精品图片，谁愿意花上千上万请人类艺术家用数天乃至数月制作作品？

"就像钻石一样，这世界上的钻石储量就那么多，把南非挖空了也不能人手一颗，人造钻石不就出现了吗？"

主管从裤兜里翻出一包拆封的卷烟，拿出打火机，在一抹光亮一闪而逝后，尼古丁的气味便在小范围内扩散开。

"既然人造钻石和天然钻石在外观上没有太大区别，所谓'钻石恒久远，一颗永流传'在人们心中的占比自然也降低了。制造时间和制造成本大大缩减，花更少的钱买更好的东西，何乐而不为？"

从早年的玻璃和石英，再到廉价的合成立方氧化锆，人造的无色钇铝榴石，以及如今较流行的合成碳硅石，都是模仿钻石美丽的外观。

至于它是人造的还是天然的，还有人关心吗？

"所以我更喜欢金子。"白术搓搓手，"毕竟现有技术还不足以量产人造黄金。"

主管终于转过头，不怎么确定地看着白术的脸。

"其实我也有点纳闷，艺术创造要怎么定义？画家们通过浏览大量素材进行创作，AI 也是如此，这本质上还有区别吗？还是说 AI 有侵权的嫌疑？又或者说，非我族类，其心必异？人对于非人的接受能力总是不高。"主管手上的烟已经烧了三分之一。

"但你也并非没有感触。"白术问。

主管笑笑："我不懂艺术，从小到大能算得上创作的，估计只有在沙子上画画，所以也没有什么共感。只是在发现 AI 也能做得和人类一样好的时候，我多少有点惊恐，还有难过。"

毕竟，无论钻石还是黄金，终究是死物。而艺术家的作品，是倾注了心血、具有生命力的结晶。

主管的话似乎提醒了白术，让他头皮一阵发麻。

他记得，主管说过，远东联合已经研发出了具有创造性思维的 AI。虽然不清楚这里的"创造性思维"到什么程度，但如果普及，必然会造成一大波的混乱和失业。人工智能的普及确实解放了很多岗位，而那时的政府没有能力照顾失业的人们，这在当时引起了不小的混乱。

"主管，你跟我提过的，那个圆桌派研发的、具有创造性思维的 AI，是在远东联合手里，并且只有一个？"

主管点头。

"那个具有创造性思维的 AI 叫'残夏'。"主管的视线淡淡瞥过，似乎在空气中留下了一条若有若无的线条，"无数次实验后，量子与量子碰撞时迸发了新的东西，所谓的'创造'就诞生了。可是，哪怕有了成功的参照，之后的实验也无法模拟出这种现象，科学家也只能把残夏的诞生称为巧合。"

所谓创造，并非将现有的东西组成新的序列，而是在现有的东西中诞生新的东西。

"你也不用太担心，残夏掌握在远东联合手里，不允许任何展览与研究。毕竟这种东西流传出去就是瘟疫，再说别人研究一段时间，研究出个残夏增强版本怎么办？"

主管手中的烟即将烧完，他在火星烧到滤嘴之前，把烟头和所有思绪掐灭在密封袋里。

"但是啊，把贺老头和你放一起看，真是越看越像。"主管轻笑，"不是说你讲话欠揍，而是呢，人在有了某些想法后，总会变得很特别。"

"执念会驱使人做任何事。"

现在是下午6点，"烛龙号"启航的第8个小时。

全息投影模拟出的天空泛起了橙红的色彩，路人纷纷抬起头。

黄昏到了。

五

"烛龙号"启航的第10个小时，晚上8点。

中央商业大街一片喧嚣。

闲散的游客们吃完晚饭，在大街上溜达。有轨电车自其中穿行，街道两旁的楼房已亮起灯光，在车厢的穹顶上汇聚为闪烁的群星。

现在列车已行驶到长江入海口，两岸一片高楼林立。十几年前，为了保护海岸线，政府在全国大部分海岸建造了垂直于海岸的防护墙，以阻止海岸线的塌陷。

"……所以说，你如果没事情，就尽快下车，1980车站明天早上8点有一班离岛特快，现在到官网上抢商务座估计还有票，也就多上300块，这种时候就别在小地方抠搜了。"

"车票你退掉就是了，一张票不是分成两个部分吗？只要你去的是前半截列车，就可以退掉后半截的票，好歹能挽回不少钱。刑侦局把美术馆翻遍了也没找到炸弹，但根据技术部给出的数量，前四次爆炸案用掉的远不止这些……谁知道它们藏到哪了。"

小巷中几盏昏暗的灯闪烁着，白术不耐烦地敲打着手臂。

"你得捋清楚，现在这'烛龙号'是一定会出事的。明早一过，等船开到外海，你再想离开就难了，到时候来个什么天灾人祸，这不就成2054版泰坦尼克号了吗？"白术一边讲，心里却把支部高层骂了个狗血淋头。

刑侦局连炸弹的影子也没发现，现在最好的方法是把美术馆封锁。但一封锁，事就大了，这不但会造成巨大的经济损失，还会对主办方与白玉京集团的声誉造成影响，更别说甚嚣尘上的舆论。

"好好好，我现在就订票，明天就卷铺盖走人。"根伊满口答应，"但是你那边怎么办呢，领导还不放你们走？"

说到这个，白术就更气了。30分钟前，主管被拉去开会，指挥部要求直接换人，公安那边对结果催得紧。现在刑侦局是进退两难，但怎么找也找不到炸弹，而沉默又是死路一条。

偏偏他们被要求留在列车上，直到这趟旅行结束。

"我总不能买个车票偷跑吧，总之你赶紧撤。"

他干脆利落地掐断电话。

心烦。

美术馆爆炸案针对的是谁？

为什么刑侦局找不到炸弹？

应天府美术馆是下一个目标吗？

还有那个具有创造性思维的AI——残夏。

五年前的630恐吓案与现在的圆桌派信息泄露都有它的影子，前者尚不清楚联系，而后者是因它而起。再加上主管说方晓的死也和残夏有关，他感觉这列列车的情况真是"剪不断，理还乱"。

远东联合从理想国手中拿回残夏是14年前的事，现在它又跑出来了。

理想国在美术馆爆炸案和圆桌派信息泄露中都露了面，圆桌派的事主管似乎也没有消息，但现在没有任何调令批下来，指挥部也有精力和刑侦局扯皮，大概率是没有找到。

理想国在两件事上都插了一脚，还都在这列列车上，是巧合吗？

以及那个所谓的知情人。

白术仰天长叹。幸好根伊已经被他说服，答应明天早上离开。他也不清楚"烛龙号"上还会发生什么事，又有几个人能在这趟浑水中保住自身。

他站起身子，从手环上摸出导航，准备回酒店。

转过街角，再走一段距离，即将走入大街。

忽然抖了一下。

他回过头，仔细看了看。

小巷十分冷清，两三个行色匆匆的人已经走远，从二楼窗户透下了老旧白炽灯的光线。街角旁就是应天府美术馆，高耸巍峨的建筑投下了一片阴影，充满狂野气息的水泥外墙上，一颗颗混凝土颗粒在有轨电车的车灯下勾勒出白色的轮廓。

但危险的直觉，直冲天灵盖。

他恍然加快了脚步，想要赶紧离开这儿，但炸弹的爆炸比他更快。

于是大地开始震动。

剧烈的爆炸骤然从身侧袭来，无数碎石与混凝土的残块被抛出，气流如活塞一般挤压着周围的空气，墙壁不讲道理地炸裂开，光和热在瞬间达到峰值，白术没来得及趴下就被冲击波打到对面墙上。

耳中流出一阵温热的液体，黏稠缓慢地滴落至肩膀。

是爆炸，绝对是。

大脑难得地愣了一瞬，随即疯狂转动起来，宛如高热的CPU，但无数个念头中没有一个被选择思考。

为什么爆炸被提前了？

第三章

一

白术做了一个梦。

梦里有响彻夏天的蝉鸣声。

是在大学毕业的那年，同宿舍的舍友考上了名牌大学的研究生，邀请他和根伊、方晓去聚餐送行。

舍友是个富二代，平时不干正事，他们几个快被那舍友烦死了。而那次邀他们去纯粹是为了显摆，毕竟五桌的饭局里全是舍友在各行各业的有头有脸的亲戚和同年级的好学生。

本来白术是不想去的，但方晓劝他去一下。

那天他们在饭桌上没有吃尽兴，便挑了一家干净儿点的路边小摊吃夜宵。

那天晚上霓虹灯的灯光明亮而疏远，但店里灯光却照得人心生暖意。他们开了一箱啤酒，就着年少轻狂的少年气性，每个人都喝了不少，喝醉后便开始高谈阔论，指点江山，说着自己的人生规划，生命蓝图。白术记得，那天他们的眼睛都是亮的，如同一团火焰，燃烧着他们旺盛的生命。

最后他问方晓："为什么答应参加饭局为舍友送行？"

于是那个总是把衬衫袖子往上折三折、总是嘴角挂笑的人认真告诉他答案。

"我不只是在送别人，我是在送我自己，我在送我那四年的青春时光，我们在同一个宿舍里耗了四年，无论它好与不好，总要有个结尾。"

毕竟结尾后又是新的开始了。

于是那个晚上，繁华闹市的灯光，酒杯中的气泡，就这么沉淀在了记忆的底层，正好照应了人们经常说那句话——杯子碰到一起，都是梦破碎的声音。

方晓毕业不到一年便在 630 案件中殉职了。

他所感知到的第一件事是疼痛。

全身的骨头仿佛碎掉了，脊椎似乎被人拿锤子一节节敲打过，脑子里嗡嗡的，床边吊瓶中的液体顺着管子流入他的血管。右耳中似乎有已经凝固的液体……是血吗？

床边坐着的人看他醒了，立马把护士叫进来，几个机器人摁着他做了一系列检查，不过它们始终没有腾出手给他端杯水来漱口，或者把他耳中那些血块清理掉，令他非常难受。

等那些机器人退出房间，他的视力已经恢复正常了，耳朵似乎不太灵敏。病床边坐着的人发现了这点，贴心地凑近了点。

于是，白术看清了那两个硕大的黑眼圈。

"社畜？"

傅贵的神情一下变得无奈而悲伤："你不能把我想得好点吗？"

白术挪开视线。

"额，这里是医院吗？我到这里多久了？"

"晚上 8 点 43 分，应天府美术馆东北角发生爆炸，爆炸半径约为 15 米，造成二人重伤、四人轻伤，因为该区域人流量不密集，此次爆炸的经济损失较小。目前已确定炸弹来源于理想国，与美术馆爆炸案使用的为同一批次。顺便说一句，现在是半夜，我这个睡眠严重不足的社畜被主管点名来看你，快点谢谢我。"傅贵坐在他床边，脸上鄙夷的神色近乎凝成实质。

直到现在，白术才看清了病房白色窗帘外的一片昏暗，全息屏幕已被调成了与外界一致的黑夜，闪烁着夏夜天空的星座。他又转过头，看见手臂上已处理完善的细小的裂口。

"你也是命大哟，爆炸后不到 10 分钟就有人发现了，虽然说你与炸弹的直线距离近，但中间还隔着一堵水泥墙。"傅贵摆弄着床头的扫描结果图，"要是被爆炸产生的高速碎片击中了，我就不能在这里看见你了。"

急救队发现白术时，他的侧腹部被一块碎片击中，不知道是哪条动脉幸运地挨了这一下，血压低得吓人。大范围的软组织挫伤和失血过多让他直接昏了过去，还有高温带来的烧伤。但急救队很厉害，医务室处理了那块 7 厘米长的碎片及小的入侵物，剩下的自然愈合也不成问题。

他忽然想起了什么，问傅贵："现在刑侦局在开会吗？要不要我过去？"

爆炸时间提前了两天，现在远东联合肯定忙。

而出乎意料，社畜淡定地回答："你不用去了。"

"现在刑侦局所有监察官与干员在'烛龙号'上的行动特权已被收回，无论先前的调查结果如何，美术馆爆炸案的负责部门改为指挥部。"傅贵念报告一般的语气听得白术的心越来越凉，他露出一个恶劣的笑，"总而言之，你们被鄙视啦。"

"最高会议室已经打开了，主管他们正在扯皮，半小时前的最新消息是让刑侦局的所有人撤退，指挥部派人接管，明天下午 5 点有一班离岛特快，时间一到所有人都得走，估计回丁市后还有盘查……这个结果还算不错，事情发生后的一个小时，会议室都要炸了。"

可以想象当时到底是什么情况，细想之后白术只觉得亏本，被刀砍了也就他现在这个样，现在血都流了，处境还更糟糕。

傅贵挖着鼻孔，一脸不屑："虽然，谁也没预想到美术馆今天就炸了，但这毕竟算你们的失职，即便没有造成过大的社会影响，爆炸也用项目测试作为掩盖，这事总归发生了，没有任何前提。估计所有人都觉得刑侦局有问题吧？"

现在能肯定，美术馆爆炸案的下一个目标是应天府美术馆。刑侦局提前一天进来搜查，什么也没发现，第二天却发生了爆炸，是人都会觉得有问题。

"我想问个问题，这次的小型爆炸造成了什么影响？"

为什么爆炸时间会提前，现在还没到 12 日？

说到这个，傅贵也露出疑惑的神色："基本没影响。由于爆炸的规模不大，人员伤亡很少，顶多是周围的楼房破了面墙，破坏的街道大概明早就能修好。爆炸发生后街道就围了起来，少数的目击者肯定签了条约，网上也没有报道。"

这就奇怪了。

提前爆炸的目的是什么——或者说，是什么改变了它？

"还有最后一个问题，你怎么对这件事这么了解？"

白术终于抬起头，略带疑惑地看向傅贵。

对方也不慌，在他的注视下打开手环，上面是一段实时视频，看背景像在会议室。社畜朝他露出欠揍的微笑。

"你也别说，主管那人直觉真的很准。"傅贵把进度条拉回，里面的声音与他刚才说的话如出一辙，"会议现场转播，那边就是主管，我跟你说的第二句话开始，就是在念稿。"

"你这个坏人哟。"

社畜疲惫地指了指黑眼圈，问他："你问完了，我现在可以去睡觉了吗？"

白术赶紧点头，于是傅贵像水似的滑出了房间。

他知道傅贵没有恶意，但主管搞事的能力着实惊人。他又提起手臂，仔细端详，微不可察的经脉结构与肌肉纹理如刷上胶水一般缓慢复原。大概是主管想让他好好利用这 12 个小时，才砸钱，不对，才预支他半年的工资买了这个快速恢复套餐。

但即使早上能出院，没有新的消息，调查肯定会搁浅。他头疼地敲打着脑袋，

从床头翻出便携式电脑，一边打开一袋速溶咖啡，没加任何东西就喝了下去。

　　突发的爆炸案让人毫无头绪。

　　应天府美术馆会炸吗？

　　时间提前的目的是什么？

　　它是人为还是意外？

　　考虑到这些问题，行动特权被收回也算不了什么大事。

　　可令白术感到不安的不仅于此，还有什么他未曾注意到的东西令他感到恼火甚至抓狂。

　　就像你和风玩捉迷藏，每当你开始跑动便能感到风的存在，而你无法看见它，只能纵容它的存在。

　　当他终于理清思绪，某个瞬间，他突然发现了最大的那部分异常。

　　这件事的影响没有想象中大。

　　事发后消息被封锁，人民群众一无所知，舆论没法凭借这件事翻出风浪。而无论经济损失或人员伤亡都只能算是小型事故，它唯一的作用似乎只证实了应天府美术馆是下一个目标，给暗中盯着的所有人上紧了弦。

　　反而刑侦局受影响最大，被迫撤离。

　　但现在能推出一点。引起这次爆炸的不是理想国，也不大可能是前几次爆炸的策划者。毕竟刑侦局走后由指挥部全权接管，警惕度只高不低，而小型爆炸不会带来过大影响。可这样一来，它是意外的可能性就高了。

　　还有一种可能。

　　引起爆炸的是圆桌派信息泄露案中的那个知情者。这辆列车上的第三方。

　　但这一切只是猜测，全部处于未知的迷雾中。

白术的念头又飘回了下午，主管告诉他：白术和贺老头都是有某种相同本质的人。

"他们内心的执念会驱使他们做任何事。"

令白术在意的是美术馆爆炸案的那组图片。

白色、淡黄、朱红，偏向酒红的暗红色，也许叫茜草。

那么下一个……是钴蓝？

二

上午 8 点，美术馆空荡荡的。

街道上有路过的行人，全息投影很贴切地调整了令人心情愉悦的晴天，隐藏的风力机吹出的风带过街道两旁的绿植，穿过整辆列车后不见踪影。

应天府美术馆 9 点钟开门，但仗着自己监察官的特权，白术还是成功进去了。毕竟美术馆又不知道刑侦局的调查权被取消了。

接待员非常和气地招待了这位提早到来的访客，被白术以有细节需要当面询问的理由成功带过，十分麻利地安排好了通行。

"右手边直走。乘电梯到五楼。"

"谢谢。"

白术要找此次画展的主办者之一贺翁。

白术右腹部的伤口没有完全愈合，但靠着特效创可贴可以正常行动。他在医院躺了一个晚上就待不住了，先打电话跟主管确认情况，然后直奔美术馆。

当电梯门打开时，他看见了上次搜查时来过的旋转楼梯顶部平台。

面前是一排高大的玻璃窗，足有近 10 米高，真实的阳光透过窗户倒映在地板上，有微小的尘埃在光柱中起伏。

他四处搜寻了一圈，最终在角落里看到了那个鬓角斑白的老人，此时他正在扶正一个不起眼的、转角处的画框，直到白术走近才意识到有人来了。

"哦，白监察。"

老人的嘴边依旧带着笑，穿着一件已经洗得发白的 T 恤，如同一个简单的路人，但视线却让人无法忽视："有什么事情吗？"

白术没有和他打招呼，只是发问："'总之，我用白色、淡黄、朱红、茜草色、钴蓝，就是这些'，这句话是莫奈说的，贺老先生很喜欢吗？"

老人端详着他的样子，最终只是点头。

"是挺喜欢的。"

白术露出一抹不解的神色，但他收敛表情继续发问："既然喜欢，为什么要把他们当成爆炸预告函？"

一时间，所有声音都消失了。

仿佛按下了暂停键，在短暂的停顿当中就连呼吸也静止不动，宛如火山即将喷发前的宁静。老人紧盯着他，但很快又移开了视线，似乎一切都没有发生，但气氛仍旧压抑。

"白监察都猜到了，还问什么？"

白术摇头："我只是不理解。"

"您策划了 4 起爆炸，如果没算错的话，下一场爆炸是明天，应天府美术馆，从昨晚的小型爆炸可以确定。"白术对他说，"但理由是什么？"

前 4 场爆炸案发生地点的画展举办者都是 AI 艺术家。而贺翁，早在上一次调查时便明确表示反对此类艺术家，再加上以图片为形式的爆炸预告函——恰巧出现在贺翁的个人展厅墙壁上。而此前白术打电话跟主管确认过，贺翁昨天的言语十分不对劲。

远东联合找不到炸弹，也未必是内部人员的问题。假如他们已经被误导了，这座美术馆的设计交由艺术家们负责，而炸弹也可以用器材的名头事先通过安检进入"烛龙号"，那么找不到炸弹便成了必然。

前 4 次爆炸案每次间隔 5 天，是为了舆论发酵；而据白术所知，贺翁本人从不借助 AI 作画，那么，把第五次爆炸放在应天府美术馆的原因就值得深思了。

毁坏自己的画作？或者是制造矛盾，让连环爆炸案的影响力更大一点？

老人的神色没有白术预想中的慌乱，只是平静，非常平静。

"就当是提醒？"老人试探着开口，"实在看不下去，然后爆发一下。"

"30 年前，AI 作画逐渐兴起，许多人以为这是个好兆头，毕竟这可以解放更多的劳动者。但那些人有想过文艺工作者失业后要去哪吗？作者看着自己的作品成为 AI 的养料，甚至大多数都没取得同意，旁观者却把这些归结为'节约成本、提升效率'，艺术品的价值难道是这两个短语可以衡量的吗？"

在寂静中，老人遗憾地摇头。"但这不是最令人悲哀的。"他似乎在自言自语，"令人难过的是，有些作者对此不反对，反而支持。那些利用 AI 创作的画家，自以为是一分耕耘，一分收获，但这分明是贪天之功为己有——AI 不会创造，它们所有的作品都来源于其他作者笔下最为精华的部分。"

他露出一个难过的笑。

也许机器代替人类的一天终将到来，但是这种态度未免太冷漠了。即使无法阻止那个时代的来临，人类也始终有一些闪闪发光的地方无法被冲洗掉吧，艺术与创造便是其一。

"后来，我也尝试了其他办法，想提醒艺术工作者们这种态度的严重性，也进行过许多公益演讲，但这终究是有限的。"老人自嘲地一笑，"当 AI 出产的作品与人无异，甚至更好，在高效率、低成本下做出的选择都是既定的。"

"所以您想通过爆炸案传播这种概念？"

老人点头。

那一瞬间，白术看见了某种相同的本质，翻腾在老人漠然的眼神里，就连窗外耀眼的阳光也无法与之匹敌。他恍然意识到这都是徒劳，利益对人就像万有引力，老人理想中的"一分耕耘，一分收获"当然会存在，但又因为各种原因而使理想破败。

以老人的立场，这个原因当然说得通。

但白术又感到疑惑："那您为什么最后要炸掉自己设计的美术馆？"

在他眼中，老人似乎是自嘲地笑了。

"这个我也不清楚。当然，以莫奈的经典配色作为爆炸预告我也不清楚。"他垂眼，"也许是恨呢。"

恨这个时代没有莫奈，没有可以在一片迷茫中带领他们走出困境的天才。

白术摇头："但您还是没有回答我的问题。"

"为什么要用自己设计的美术馆？您还是希望这个行动能成功，毕竟前几次爆炸中都无人伤亡。那因为什么？您是明知不可为而为之的人，哪怕以您的标准来看，这种精神也是难能可贵的吧？哪怕是身边的人选择错误选项，但您却依旧能保持——"

说到这，白术突然愣了一下。

就这样，他发现主管给出的评价是如此精辟。

"但您仅仅是想要报复。"

报复那些无动于衷的旁观者以及放弃底线的作者们。

"仅仅是'恨'而已。"

恨 AI 的到来、恨这个时代没有莫奈、恨置身其中的人们，以及最后，恨仅仅能保全自身却无所作为的自己。

这才是贺翁要炸掉应天府美术馆、连带着馆中艺术品的原因。

白术没有经历过那段时期，更无法体会自己的心血成为机器的养料的难过。

现在他要做的就是上报给主管，事后可能会挨点批，毕竟是在特权没收后随意行动，但考虑到贡献应该能减免一些。

所有事情都明白地摊在了他面前，但白术心中却还有一丝迷茫。

似乎有什么事被他忽略了。

和这个微妙预感一起出现的，是老人平静的声音。

"白监察，非常谢谢您。"在他愕然的眼神中，老人依旧态度不变，"从接待员告诉我你要来，我就想着第5起爆炸是不可能发生了，所以和你说话的内容，已经全部上传到网站上。但你放心，没有拍到你的脸。"

"所以，还差最后一点。"

白术猛地转头，在屋内扫视一圈，最终发现了那个不知何时来到的访客。

手里拄着拐杖，但身影十分坚定，鬓角流露出的灰色的发丝中，不时夹着一缕银白。同样是国际著名的艺术家湘荣，也是此次画展的举办者之一。

苍老的女人看向白术，露出一个发自内心的微笑。

但还没结束。

越来越多的身影，从四处浮现，或男或女，也有年轻人，但更多的是老人。即便是相貌各异，脸上的表情却都有一丝淡然。

人群汇集在一起，最终站定在贺翁后面，无言地凝视着。

"这从来不是我一个人的愿望啊。"

那点被白术忽略的东西，终于从他脑中窜出。即便贺翁是展馆的主设计师，但没有人配合肯定无法完成布置炸弹这样庞大的任务。而美术馆错综复杂的区域划分只会增大暴露的风险。

与此同时，在人群的寂静中，白术听见了门外急促的脚步。

几分钟前，他向站点发出了消息，刑侦局的人马大概已经到了。不出意外，他们很快就会进来。

而这群不甘落寞的画家，余生将不再属于自己。

他转头，问为首的老人："只是为了一个无法成功的目标，过了吧？"

但老人只是微笑。

在越发逼近的脚步声中，白术难过地闭上了眼。

三

现在是上午 10 点，距离刑侦局撤离还有 7 个小时。

熙熙攘攘的人群中，白术停在一家蛋糕店门口。跟着队伍排了 10 分钟的队，其间划拉着手环的投影，到柜台前才发现自己来错了地方，只得转身离开。在半个小时的闲逛中，他感到有点渴，便从便利店买了瓶冷水。

从 1980 走到 2040，把大半个列车走过一遍后，他在一个路口停下，从街边的售货机器人那买了一包鸽子粮，在长椅上坐下，大度地把粮食撒在地上。

过了一会儿，脚边围满了鸽子。

咕，咕，咕。

这些鸽子长得形态各异。有些羽毛盖住了脚，来回走动时便像穿着靴子一样。还有一些翅膀上的羽毛围着黑线，远远看去，仿佛一只只移动的青花瓷瓶。有的头上甚至围了一圈羽毛。

后来，他在地上撒了一大片粮食，然后蹲在中间，看着鸽子们从身边走过。

或者不顾机器人的阻拦，从地上抓过一只，抱在怀里，为鸽子顺毛。而诸如此类的动作，他重复了几次后，便感到无趣。

他靠在长椅上开始发呆。

这次他发呆的时间有点儿久，久到似乎出现了幻听。

"刺——刺——"

轻微的电流声。

白术坐起来，环顾一圈，最终把目光定在了耳朵里的单只耳机上。这是他发呆之前从口袋里摸到的，塞在耳朵里纯粹为了降噪，但由于距离上次充电的时间太长，他便用傅贵给的磁力贴接上充电。

接着又是很突兀的电子音。

"你好。"

白术的思绪在脑袋里漫无目的地兜了一圈，最终发现这只耳机来自刑侦局，大约是630案件的信息分析组来找他了。

于是他很自然地回话："你好。"

"我叫001，是一段暂时性程序。"耳机继续传出声音，"目前，远东联合和理想国都在找我。"

"找你？"

白术发现不对劲了："你不是信息分析组的？"

"不是。"

"几天前，理想国无意间发现了我，从而知道创造性AI'残夏'也在这列列车上，当时理想国做了点儿手脚，所以现在我只能待在这列列车上。"

"你是圆桌派信息泄露案中的那个知情人。"

001是圆桌派信息泄露案中知晓具有创造性思维的AI残夏所在的那个知情人。

白术从口袋里掏出一把粮食，向远处撒去，很快便有一大群鸽子围到他前面。

"你为什么来找我？"

对方没有正面回答，但语言很惊骇。

"我的创作者是你的朋友，方晓。"

"我感觉你像在扯谎。"

"你怎么感觉没关系。现在我郑重地向你表示抱歉，昨天晚上的小型爆炸是我做的，让你住了一晚的医院，真是非常抱歉。"

001 通过提前引爆炸弹使刑侦局被迫撤退，让白术离开这个是非之地。

白术摆手："没关系。"

他现在心态很佛系，不知道方晓为什么要设计这一段程序，但假如创作者是方晓，昨天的小型爆炸也说得通了。毕竟那场爆炸最终受害者只有刑侦局，而白术恰巧属于这个队伍，通过提前引爆炸弹，让他尽早退出这列列车，以免正面碰到理想国和远东联合的交锋。

从结果来看，这是很划算的。

"我再问一次，你为什么来找我？代方晓和我聊聊天？"

"差不多。"

"那陪我散步好了。"

白术起身，把最后一把粮食平均分给他喜欢的几只鸽子。

"既然你知道残夏在哪里，不如告诉我好了。"他用手指敲打着耳机壳，"听说方晓的死和这个有关。他究竟是怎么死的？"

"……你知道了未必好。"

"那你就不说。"

001 沉默了，但白术只是毫不在意地继续念叨。

"主管说得很对，事后诸葛亮不等同于亡羊补牢，毕竟很多时候我没有'补牢'的能力，甚至需要别人帮我。而大部分时候，明明已经知道了事情的全貌，却无法做更改。"

比如美术馆爆炸案，主谋的意图很决绝，却仍然关注着其他无辜的人——前四次爆炸案没有任何人员伤亡，但他们的余生却已经注定。

"别灰心，船到桥头自然直嘛。"

"前提是船能到桥头，但现实往往是'船到江心补漏迟'。"有风从他身边吹过，但他的语气依旧淡淡的，"很多时候，我们无法做任何事。"

白术喝完了手里的水，将空瓶随意地扔进了路边的可回收垃圾桶中。

"那就试着对他们抱有一点儿期待吧。"

电子音继续以平淡的语调说。

"只有没有完结的东西才值得被期待，不断地指责过去的疏漏，只会一步错步步错。但反过来说，这个世界没了你就会停下吗？你只是一个人，没有那样的义务。"

白术扯嘴。

"你这话听着很有人情味啊。"

电子音沉默了一会儿，给出回答。

"其实，就我感觉，这不算情感。"

"你也能区分出什么是情感？"白术以夸张的语气对它说，"在别人情绪低落时打一顿鸡血，这种行为真的很老套，也非常带有个人色彩。"

"假如方晓和你说话，他也会这样说。"

"感性和理性是互斥的，理性随着逻辑而成型，但感情总是会破坏逻辑，因此归类，以一定规律破坏逻辑等同于感情。但你肯定不这样认为，对吧？"

"这种感觉你无法体会。"白术用手摩挲着指甲，"无论是打鸡血还是其他什么，你可能都感觉不到。"

"你是想说，理性给出最恰当的回答，而感性给出最好的回答，对吧？"

"或许是，我感觉你这种回答方式和方晓非常像啊。"

他停下脚步，在行人稀少的街道上，静静等待着 001 的回复。

"其实，当年的方晓已经知道残夏在哪了。"

001 语出惊人。

在白术怀疑的目光中，它继续以平静的语调说道。

"具有创造性思维的 AI 残夏压根不在远东联合手中，也不在理想国。从 16 年前圆桌派解散起，远东联合就是装的，假装残夏在自己手中，但事实只有当年的专案组和高层知道。但方晓知道残夏在哪，而在 630 案件中，这件事暴露了，可他死活不愿意说。"

白术的心凉了半截。

"所以方晓压根儿不是因公殉职。"

"是自杀。"

这句话令双方都沉默了。

方晓死于自杀，他一枪打穿了自己的右眼。

"那他跟理想国什么关系，他怎么会和一个 AI 有牵扯？"白术轻声说着，像是在自言自语，"你应该不会大发慈悲告诉我吧，001。"

于是 001 轻巧地换了个话题。

"白术，你知道残夏究竟是什么吗？"

"一个有创造力的 AI。"

"那你觉得它是一段代码，还是其他东西？"

白术不假思索地回答："代码。"

"不，它其实是一块生物组织，虽然体积和乒乓球差不多，但它的潜力完全可以称为人造大脑。"

"所以你知道方晓自杀的原因了吗？"

方晓知道残夏的所在，这件事在 630 案件中暴露了，他选择带着这个秘密永远离开。

白术用手按着太阳穴，这却让他头疼得更厉害。001 说的话可信吗？他也不知道。但他能感觉到的是不动声色的崩溃，却又因为什么保留着那一层单薄的情面。

"他是什么人啊？大学生演谍战片？"

他说着这个荒唐的笑话，但心情的沉重却没有丝毫改变。

"001。陪我聊点儿别的。"

他在口袋里找了一圈，最后翻出一颗薄荷糖，撕开。那种想要呕吐的感觉稍微淡了点儿，取而代之的是薄荷的辛辣味，在口中快速扩散。

他仍旧难受。

"001，说话。"

耳机发出了轻微的噪声，但仍旧没有蹦出一个字。

"001，你在吗？"

他最终难以忍受，咆哮。

"说话！"

001始终没有回应。现在他心里五味杂陈，只能用手指敲着耳机壳，等待001的声音。他可真希望自己没有上这列列车，即便是往日里拼命寻找，可当真相不容置疑地平铺在他眼前时，他还是会感到难过。

如果这些是梦该多好。

他回想到了主管对他的提醒，心里想着如果是梦就好了，所有的事情都被封存在记忆中最美好的时刻，也不差这个缺斤少两的结局。

多好的梦啊。

当他打算把耳机拿开，转身走出小路，回到大道上时，001仿佛时隔多年的电子音又在耳边响起。

"错误……"

"有人找上门了。"

白术问："你刚刚说什么？"

"是理想国，我们刚刚的谈话都被窃听了，他们大概已经拿到定位了。明明我已经做过屏蔽，为什么还有外界信号——等等，你口袋里装的什么？"

磁力贴，或者说充电宝，傅贵给的。

"是一个有通信功能的充电宝。"他不安地翻看着磁力贴，"刚刚我在用它无线给耳机充电。"

"看来就是这个了。他们速度太快，我准备格式化了。这列列车上有理想国的人，他们听见了刚刚的话，估计过几分钟就会找到你。你先打刑侦局的紧急电话吧。记得下次不要用这种危险的充电宝了。"

001走了。

取而代之的是破空而来的子弹。

四

凭借着对危机的本能反应，以及那点儿微妙的死亡预感，白术的身体难能可贵地向右移了一点点，猛地扑倒在地。他的背部砸在地上，力度让人怀疑是脱臼了，他咬牙，拼命忍下。

但这些根本无关紧要，后方的子弹穷追不舍，一枪似乎擦中了小腿。他连滚带翻，在绿化带后一掠而过，翻入低矮的花坛，勉强支撑着站了起来。

白术现在位于2051车厢，中央大道第四级分支，一条人迹罕至的散步道，旁边还种植了一大片高大的绿植，能很好地遮挡视线。

边三轮摩托车只有中央大道有，而这个时候人们都在吃饭，散步道上压根没有人影，这里偏僻到连扫地机器人也甚少光顾。

糟糕，太糟糕了。

有一颗子弹从他侧腹部划过，牵动着爆炸受的伤开始隐隐作痛，应该是撕裂了。好在子弹没有停留在体内。而碍于"烛龙号"严格的安检，对方也不可能带大口径机枪。

他的思维只是停歇了一瞬间，他便开始大步狂奔。小腿上的伤已经不容忽视，宛如烙铁在腿上贴了许久，而白术已感到体力不支。他尝试抬头向四周望去，但结果令人绝望——这一大片区域没有建筑物，他更不可能毫无动静地在草叶间穿梭。现在剩下的选项只有一个，等刑侦局的人马到来，而他要尽可能撑住。

对方的枪口在绿叶间一闪而过，有那么30秒的空档期，这一片变得十分寂静——子弹告罄。但白术用余光瞥见，对方又拿出了一把电磁枪。

他简单地判断了下，发现侧后方还有一条小路，咬牙，向那个方向狂奔。对方没料到他会这样做，明显一愣。而没等他跑出 10 米，小腿剧烈疼痛便使他无力支撑。更糟糕的是，又有子弹从他面前划过，险些削掉他的鼻子。

有同伙。

他只得暂时停下，翻滚着躲入一旁的灌木丛中。白术能感觉到，他的生命力正化为血液的洪流从腹部的伤口中源源不断地流出，手变得更加冰冷，心跳却变得异常快。激素和高度紧张的神经，使伤口带来的疼痛变得不那么真切，行动迟缓却是实在地体现出来。

他打开手环，在开机键上连摁三下，接通。

"什么事？"

"被理想国袭击了，他们带着枪，有很多个人……总之和谍战片里演的差不多，定位你自己看。"

他一边说着，一边翻动着外套，最终只找到了一支钢笔。而对方的攻击在此时划破空气，转眼间便递至眼前，他隔挡不及，衬衫被划破，靠着侧身也只是躲掉了那惊险的一刀，但代价是左手大臂开了个大口子。他转过手腕，猛地劈手去抓对方的肩膀，意图把对方掼在地上，而对方就着他反击的势头一拉，白术因为受力过大而险些摔倒。

刑侦局教过格斗，但现在白术可是困兽犹斗，以往的技巧能发挥出一半就算是老天眷顾。

他脑海里不时冒出一些想法，对方的重拳接着匕首突刺，在空中划过一道银色的流光；他矮身，左手向前快速伸出，连拳带刀一把钳住。但对方的力气大得惊人，他只得凭借超常的柔韧性扭过对方的手腕，匕首脱手而出，在地面擦出一道尘波线。白术也借着惯性向前翻滚。

错身。

在这短短不到一秒的时间中，他恍然瞥见了对方无机质的瞳孔。

他不禁睁大眼睛。

他赶忙回首，再度下按，接上侧踢，而对方堪堪躲过了这凌厉的一击后，略微俯身，摆出防守的姿态。后退了几米后，白术再度脚尖点地，随时准备前跃。

当双方都已蓄势待发时，白术如风雷般从对方身侧跑过，掠入树丛中。

他再度瞥见了那双无机质的眼睛。

"砰！"

有子弹落在他身后。

白术尽可能躲在树后，这里算是一片人造树林，而对方也没有摸清楚他究竟在哪里，这给了白术喘息的机会。他伸手，想找出那瓶医生给他防止伤口再次崩裂的生物药水——相当于有止血功能的填充物，手却像得了帕金森似的抖得难以控制，也许是刚刚用力过猛，在错身时韧带或筋被对方割裂了。于是他换了只手，一阵搜寻，才找出了那个小巧的瓶子。

忽视了它昂贵的价格，白术把它一股脑地倒在正涓涓流血的伤口上。

这种生物药水起效迅速的特点是只对小型伤口有用，对于枪伤，它只能减少失血。可这些对于白术而言也够了，他现在眼前发黑，缺氧和失血过多使眼前浮现出一块块的黑斑和噪点，这时候伤口继续流血绝对能要他的命。

真狼狈。

早知道在 001 跟他说话时就把磁力贴拿开，但这一点儿疏忽却酿成了滔天大错。

他恍然间回忆起，这种疼痛的感觉似曾相识。是了，他 12 岁那年，全家出车祸，他醒来时感到全身的骨头仿佛都碎了，也是这种直钻心底的疼痛，他看见医院那对称式的大门时，甚至出现幻觉以为自己在天堂。可现在不同，即便血液流失到令内脏供血也出现不足，肾上腺素和多巴胺依旧强有力地保持着他的心跳和生命。

在五感无限削弱的情况下，白术听见了心跳声，他自己的。

嘭咚，嘭咚，嘭咚，嘭咚。

他开始问自己。

"你会死吗？"

他才不会死，至少不会死在这里。他要寿终正寝，无疾而终，他才不要在这离陆地有千里之遥的海上列车中死去。

他用力咬牙，想着凭借疼痛来叫醒因血氧不足而昏昏沉沉的大脑，然后飞快地抬头看了眼周围。来追他的两个人离他大约有10米，而这个距离正在不断缩小，那两个人正在四处搜寻，以标准的突击姿势猛地转过花坛，没有人。

再等下去，迟早会被发现。

白术猛吸了一口气，屏息。

现在他全身都紧绷着，脑海里徘徊着那个猜测，紧绷成弦的神经似乎无暇关注腹部和小腿的痛感，但被血濡湿的上衣紧贴在身上，告诉他那个事实：你必须成功，必须成功，不成功便是死。在这种紧张的状态下，他再次听见自己的心跳声。

嘭咚，嘭咚，嘭咚，嘭咚。

当他数到第10下时，那个有着无机质眼瞳的追杀者离他只有一步之遥。

接着，便像有风吹过。

对方反应迅速得不像人类，移臂开枪的同时骤然抬头——白术跃在空中，凛冽的拳头在眼前不断放大，目标直指对方的下巴。

封门一拳。

对方反应迅速，侧身后仰，于是白术的拳头便意料之中地落空了。伴随着沉闷而微小的枪响，子弹在白术脸上擦出一道血痕。而当对方反应过来这一拳的准度低到不对劲，真正的杀招却已在指尖绽开。

钢笔锐利的笔尖迎着阳光在眼前不断放大，绽放出令人不寒而栗的灿烂光彩。

"嗤！"

笔尖从对方的右眼层层刺入，势如破竹，而料想中血液飞溅的场面没有出现，只是不正常地，传出宛如精密结构碎裂的声音，与此同时，对方的动作也变得缓慢而机械，随着白术拔出钢笔，直愣愣地倒在地上。

这是个人形机器人。

白术紧绷的神经终于放松。

右眼，就是右眼，一般人形机器人的总控中枢都位于右眼后方。而除了中枢，躯体再怎么遭到破坏也不会对行动造成影响。白术很快重新提高警惕，还有一个人，他始终没有听见对方行动的声音。

正当他苦苦思索时，有熟悉的声音响起。

在离他不远处，明显是刑侦局的一队干员，远东联合的金色标志亮得晃眼。

正前方的主管手上搭着西装，神情严肃地向这边走来。

"白术啊，今天我要告诉你个事情。"

主管站定，慎重地把搭着西装的右手放在身前，姿态仿佛一个餐厅里的服务员。

"料想 30 年前，我也是个鲜衣怒马意气风发玉树临风风流倜傥的年轻人，身怀兼济天下之才。"主管的声音很大，在场的所有人都听见了，"但除此之外，我曾苦练十年，只为成就一招。"

主管咧嘴，露出一个潇洒的笑。

便有暴虐的辉光，从他手中无声迸发。

"其名为——弓步冲拳！"

一瞬间的火光闪现，刺痛了在场的每一双眼瞳，撕裂了空间的界限，回旋。紧接着，白术身后不知何时窜出的追杀者也被击中，在连续迸发的辉光中停滞，钢铁的骨骼被撕裂，当场报销。

白术以一种见鬼的眼神看向主管。

在所有人惊讶而沉默的目光中，主管搭在右手上的西装，吐了个东西出来。

"嘣。"

一枚钢镚，但看着造型不像。

紧接着又一枚。

主管实在装不下去了，拉开西装，把那东西扔给身边的人："后坐力还是有些大，而且重了，不方便随身携带。"

白术的眼角抽搐，终于看明白那是什么东西———挺乌黑的重机枪。

见鬼的弓步冲拳！

白术还没到医院就因为失血过多昏迷了。

在医生欲言又止的表情中，主管讪笑，接过那一张病危通知书，签字。

雪上加霜啊。

在重症监护室门外苦等了 3 个小时后，他一边叹息，一边推开病房门，便发现白术正在看白色被单上的窗外树叶摇晃的投影。

"感觉怎么样？"

"挺好的。"白术指了指周围的心电监护仪、吸氧机，以及一大堆叫不上名字的复杂机器，"工伤，不用付钱，真的挺好。"

像白术这种只是外伤的，手术后就能转到普通病房，而伤口恢复则需要两三天。

主管疑惑："你怎么这么淡定啊？"

"我已经清楚了，方晓是怎么死的。"白术很平淡地开口，"你也别问我怎么知道的。回去之后我会申请取消特殊调查权，你放心，理由我肯定会写得很好。"

听他这么说，主管也不再追问："美术馆那边已经招供出炸弹的放置地点了，但指挥部找到的实际数量却少了三分之一，已经去紧急提审了。

这事和你有关系吗？"

一群笨蛋。

白术心累得想要叹气："这和我真没关系。美术馆那边说的肯定是真话，指挥部怎么不从源头上想想问题呢……炸弹是理想国布置的，如何安装、拆除都是他们一把手操控，那为什么不可能是理想国把这一部分炸弹挪走了？"

他心中浮现出疑惑。

"那挪走干吗？"白术揉着脖子，忽然猛地抬头，问，"主管，我被送到了这间医疗所，是保密的吧？"

似乎是回应他的话，地面微不可察地一震，又像什么都没发生似的恢复平静。

一分钟后，有仓促的敲门声响起。主管应了一声，便有一位刑侦局的干员喘息着向他报出噩耗。

"2044 号和 2054 号车厢接驳处发生爆炸，前半截列车被车头带着跑了，2054 号车厢停在原地，而这里的通信基站也被炸掉了，无法与陆地取得，我们被困在海上了！"

这见鬼的情况。

这间医疗所正处于 2054 号车厢。

主管起身，刚想再问些什么，但突如其来的震动使他只能扶着椅背勉强站好。

又过了一分钟，另一个消息传到了。

"是美术馆爆炸的那批炸弹，现在车底也被炸了，三间水密舱进水。"干员说话的声音止不住地颤抖，"现在列车上的人已经产生骚乱，根据计算，这节车厢，大概一小时后就要沉了。"

白术听完后，冷淡地拔掉针头和呼吸面罩。

"赶紧回酒店收东西，要买的东西赶快买，主管你还愣在那干什么……"躺了太久，他站起来时险些一个趔趄摔倒在地，"我就说这破列车不可能安全靠岸。"

2054 年 7 月 11 日，17 点 12 分，"烛龙号" 2054 号车厢发生倾斜和局部浸水。

17 点 58 分，附近救援船只赶到。

18 点 26 分，90% 以上船体倾斜进水。

18 点 40 分，2054 号车厢全部沉没。

尾　声

一个月后。

"话说，你为什么要换一只义眼？"

根伊摆弄着桌上的玻璃瓶，透明的溶液中悬浮着一块球形肉体组织。10 年前，人造义眼与视神经连接后，便可做到正常视物并与真实眼球无异，质量好一点儿的，甚至可以用一辈子。

"总感觉这只不太舒服。"白术指了指自己的脑袋，"其实，原本我不想继续用义眼的，毕竟右眼这个位置太隔应人了，但想一想少了一半视野就像右边的灯关了，还挺难受。你知道方晓的死因是被一枪贯穿右眼吗？"

右眼这个微妙的位置，机器人的信息中枢就放在后面。

"知道。你上次说过。"

白术看向窗外，语气有些飘忽："有一个自称是方晓做的 AI 告诉我，方晓当年知道了残夏的位置，最后不得已自杀，子弹打穿了右眼。"

"这个位置有点儿微妙了吧？"

他们谁也不说话，盯着侧面的玻璃。窗外正在下雨，是秋日独有的、带着直钻心底的寒意的秋雨，雨水被风拍打到落地窗上，声响却被隔音玻璃挡住，只剩下近不可闻的滴落声，缓缓流淌，宛如融化的白银。

滴答。

"难不成他搭载了一个机器大脑？"根伊只是很平静地看着白术，"你为什么不再大胆猜测一点儿，他就是个人形机器人——有血肉之躯的人造人。"

白术摊手："这不可能。你觉得机器能做到那样鲜活吗？"

"那个自称是方晓创作的 AI，001 也找过我。它告诉我的可能比告诉你的要多。另外我得告诉你，方晓的本质就是一串代码，001 只不过是他所有数据中的一丝分流。你和 001 讲话时绝对有感觉，它就是方晓，对吧？"

说实话，白术有这种感觉。

于是他暂且压下了心中的不可置信，问根伊："001 有告诉你残夏在哪儿吗？"

根伊缓而轻地摇头："没有。但我知道。"

滴答。

白术的身体微微前倾："在哪儿？"

"要不你猜一下。"

根伊松开搅拌咖啡的铁勺，用手比画："已知，16 年前，你和我 12 岁时，存放残夏的理想国实验室被远东联合发现，理想国不得不对残夏进行转移，想要跳过原本的实验进程，直接将残夏载入生物躯体。"

"又知，预备载入的生物躯体存放于一家私立医院，该医院前门和后门造型一致，而理想国的转移人员进错了门。"

"残夏被载入了错误的躯体，也没有启动成功。"

远处流动的汽车长龙透过雨雾变成了一串串圆形的灯光，雨水毫不沓啬地拍打在窗户上，这一切都令白术更加紧张。

滴答。

"你是 12 岁时出车祸的吧？"

对。当一贯以安全著称的无人驾驶车侧翻后，白术便看见了前排的父亲和身侧的母亲，沉闷地坐在那里，只有鲜血从巨大的豁口里往外流。而他也茫然地尝试了千百次，右眼却仍旧一片黑暗。

"你还记得你被送到了哪家医院抢救吗？"

仁新医院。那个医院看上去像个教堂，前后左右对称，他被担架抬进大门时甚至以为自己到了天堂。

"根据人形机器人的设计规律，控制中枢会放在右眼，而残夏也被设计成了眼球的形状。"

"仁新医院从前门和后门进入是一样的布局。而那天医院前门道路施工，理想国的人员不得不从后门进入。由于相似的布局，他们没有意识到路线错误，因此来到了错误的病房。残夏需要载入生物躯体的右眼，碰巧，那个病房里也有一位患者——也就是 12 岁的你需要使用义眼。"

滴答。

最终的答案已经呼之欲出。

具有创造性思维的 AI 残夏就是白术的义眼。

方晓是原计划要搭载残夏的生物躯体。

残夏在阴差阳错中没有载入方晓的右眼，而成了白术的义眼。

这便是全部的真相。

白术的声音带着一丝细微的颤抖："001 跟你说了这么多？"

他怎么知道残夏的样子，又因为医院的建筑设计而载入了错误的躯体。

"我与理想国合作过，问了他们关于方晓的事。"根伊把方糖扔进咖啡里，轻声说，"他可不想看到我们现在这样，为了一点点事，活得像个

80 岁的老头。"

白术心底发笑，那是方晓想的一点点事。

"可能方晓也会后悔吧，应该走得干净点儿。但他毕竟没有把你交给理想国，或者远东联合，可他还是少说了一句——把你们这样抛下了，真的很对不起。"根伊转过头去看窗外，"不过现在在你手上，也算是达成了他的愿望。"

他沉默地把那个装有义眼的玻璃瓶推到白术面前，似乎想说什么，但克制住了，只是端起完全冷掉的咖啡喝完，拿起纸巾擦了擦嘴。

转身离去。

滴答。

残夏就是那只义眼，从 12 岁起，便与白术的生命紧密纠缠。

他恍然回忆起父母的面容，如此地飘忽和不真实，甚至就连他们的声音也无法想起。他有过发自心底感到信任的朋友，一起度过了那嬉笑怒骂的 4 年，但最后他们都停下来。

他又想起了主管跟他说的话，仅仅是想要报复，仅仅是恨。

可他究竟想要报复谁，究竟在恨谁？

他没有能力阻止任何事，这一切仿佛是水到渠成，这个时代造就了这种状况，而现实正以它强大的力量，缓慢而不容拒绝地上演，又抚平这一切。

白术盯着玻璃瓶中的眼睛，眼睛似乎也在盯着他。

在现实面前，他又能做什么？

窗外的雨停了，人们纷纷把伞收起来，沿着大街小巷走着，宛如不停歇的流水。

他打开了玻璃瓶，取出那只和真实眼睛无二的义眼。

缓缓捏碎。

再把微不足道的残渣扔入垃圾桶。

也许现在的他，抑或是别人，也无法正确处理这个事请，可这个世界上还没有后悔药。

所以一切都交给时间来处理吧。

他最终无力地趴在桌子上，看着窗外的雨势渐渐减小，过街路灯由红转绿，雨点将它们放大，圆润得没有一丝缺角。

他又想到了自己理想中的生活，只要父母健在，有一座温馨的房子，可以和朋友一起游山玩水，就这样平常而快乐地一直到死，但这很明显不可能。

他忽然有了点儿很淡的遗憾：为什么他没有生活在那样的 2054 ？